KB079328

뜻.뜻.한 이야기

뜻.뜻.한 이야기

초판 1쇄 발행 2023년 9월 7일

지은이 윤미순
펴낸이 이기봉
편집 좋은땅 편집팀
펴낸곳 도서출판 좋은땅
주소 서울특별시 마포구 양화로12길 26 지월드빌딩 (서교동 395-7)
전화 02)374-8616~7
팩스 02)374-8614
이메일 gworldbook@naver.com
홈페이지 www.g-world.co.kr

ISBN 979-11-388-2259-6 (03810)

• 가격은 뒤표지에 있습니다.

뜻.뜻.한 이야기

뜻한 곳에서의 뜻하지 않은 발견

윤미순 지음

서문

육십이 넘는 세월 동안 나의 모든 역할을 다 떠나서 가장 하고 싶은 일이 무엇이었냐고 묻는다면 일정 기간 온전히 글 쓰는 일에 몰두하는 시간을 갖고 싶었다고 망설이지 않고 말할 것이다. 누구도 내게 그런 질문을 하지는 않았지만 나 스스로 그렇게 묻고 대답했다. 그리고 실행했다.

글 쓰는 일에 재능이 있어서가 아니다. 소질도 없거니와 특별한 훈련을 받은 적도 없다. 말로 하는 것보다 글을 쓰는 것이 내 모든 감정의 파고를 잠재우고 치유하는데 훨씬 효과적이었기 때문에 글 쓰는 일이 재밌었던 것 같다.

그런데 글 쓰는 일에 몰두하는 시간을 확보한다고 해도 과연 무엇을 쓸 수 있을지 사실은 인류의 발전과 함께 상호작용하는 음악과 미술 사조를 역사 속에서 고찰해 보고 싶다는 야무진 꿈도 있었다. 그렇지만 내 역량과 한계를 너무나도 잘 아는 터라 꿈은 꿈으로 남겨 두고, 일단은 여행을 떠나 보기로 했다.

남들이 많이 가는 곳이거나 남들이 별로 관심을 두지 않을 만한 곳 등을 두루두루 세분화하여 나름 전국 곳곳을 목적지로 정해 놓고, 대부분은 정확한 목표는 설정하지 않은 채 여행을 시작했다. 궁금했다. 그곳에 가면 지금까지 내가 살면서 얻은 상식이나 배운

지식만큼 보이는 것이 얼마나 될 것이며, 아무것도 몰랐던 곳이라고 할지라도 즉석에서 생성될 다채로운 감정들이. 비록 여행지에 대한 지리적 인문학적 정보가 빈약하고 전달하려는 메시지도 불분명한 글일 수도 있지만, **뜻**했던 곳에서 **뜻**하지 않은 장면, 생각, 사실, 또는 느낌 하나쯤 발견할 수 있다면 그것으로 여행의 목적은 달성된 것이라고 우기고 싶다. 지난 4년간의 여행을 통해서 얻은 것이 있다면 바로 이 한 문장으로 요약된다.

궁금하다. 독자들이 이 책을 읽는 동안 내가 '이거면 족하다.'라고 느꼈던 순간과 합일되는 부분이 과연 몇 번이라도 있을지.

끝으로 나만의 시간을 갖고 글쓰기에 몰두할 수 있도록 생활의 불편함을 감수하면서 격려해 준 가족과 늦은 나이에 도전한 내게 용기를 주고, 칭찬을 아끼지 않은 모든 분께 감사의 인사를 전한다.

차례

내 지역

경기도 이야기 (2020년 4~11월)

섬

제주도 (2021년 6~7월)

국도

7번 국도 (2021년 10~11월)

내 마음의 분지

고령군 (2022년 2월 3~17일)

대도시

서울 (2022년 5~10월)

강

금강 (2022년 11월 7~11일)

도보

강화 나들길
(2021년 4월~2023년 3월)

철도

경전선 일부
(2023년 3월 23~26일)

내 지역

경기도 이야기
(2020년 4~11월)

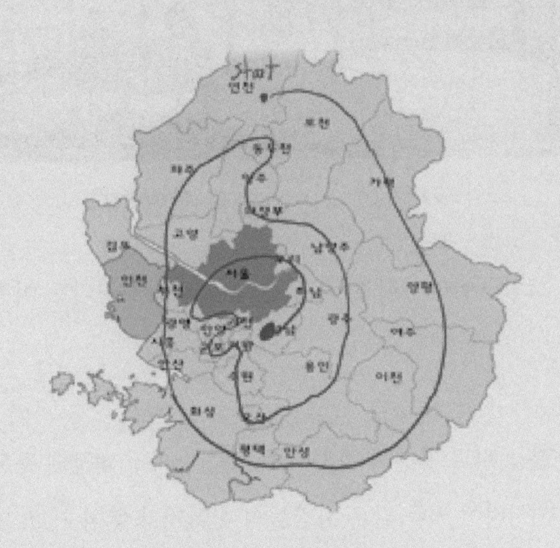

풀등(연천군)

고랑포이야기(cafe & convenience store)/장남면

연천군 임진강변 '고랑포이야기'라는 카페 겸 편의점에서 경기도 여행의 첫 테이프를 끊는다.

서로의 몸으로 물결을 밀고 가면서 한없이 흐르는 강의 군데군데 풀등이 만들어졌다. 그 위로 사진 속의 저 시니어 커플 같은 사람들의 이야기가 쌓여 가고, 거기에 나의 이야기도 포개어질 것이다. 이제부터 또 다른 도시를 다니면서 쌓여 갈 이야기들이.

고랑포이야기 4월

핑계 삼아 흔들리기(포천시)

한탄강 하늘 다리, 마장교/영북면 대회산리

집에서 약 100km를 달려 하늘다리에 닿았다. 주변이 황량한 데다가 길이가 고작 200m밖에 되지 않는 하늘다리, 그리고 그 너머 50m짜리 마장교를 걷자고 여기까지 숨차게 내달렸나 싶다. 별 이유 있을까. 그냥 작정하고 흔들리고 싶었던 거지. 여기를 와 보겠다고 마음먹은 순간부터 봄빛이 천지에 낭자한 길 따라 오는 내내 같이 흔들렸다. 까닭 없이 좋았다.

핑계 삼아 기대고 흔들릴 수 있는 곳, 천 리인들….

류재은 베이커리 4월

비탈에 이는 바람 소리(가평군)

현등사/조종면

절에 대한 아무런 지식도 종교적인 관념도 없이 그저 절집과 그 가는 길이 좋아 사찰을 자주 찾는 편이다. 그렇다고 해도 뭐에 꽂혀 굳이 현등사에 오고자 했는지 설명하라면 좀 궁색해진다고 할까. 여하튼 먼 길 마다치 않고 도착한 곳, 일주문만 지나면 바로 사천왕문을 비롯해 루, 각, 전 등의 건축물이 있을 것이라는 예상을 깨고 끝없이 비탈길이 이어져 있다. 하릴없이 오르는데 인적이 없어 무섭기도 하고 4월 하순이라는 날짜가 무색하게 춥기도 하여 더 쓸쓸하고 외롭다. 한참을 걸으니 '불이문'이 빼꼼 모습을 드러내고,

그 옆에 만들어진 108번뇌 계단 끝에 '운악산방'이라는 찻집이 보인다. 뜨거운 대추차 한 잔 마셔야지 하는 기대로 무거운 몸을 이끌고 총총 돌계단을 올랐건만 아, closed. 여행의 감미로운 맛이 생기려다 마는 순간이다.

그래도 허접한 육체로 왕복 3.5km 정도 경사진 길을 올랐다 내려왔다는 것만으로 기특하고 대견하게 여길 일이다. 그리고 적절히 부패하지 못하고 몇 년이나 묵었을 마른 낙엽 더미 사이로 신생의 연초록 물결이 휘잉휘잉 바람을 일으키는 소리는 무척이나 인상적이었다. 빗소리 같기도 하고, 사위가 고요한 밤 도로를 감고 달리는 차바퀴 소리 같기도 한, 아름다운 소음. 철저히 외로웠던 이 길이 가끔 그리워질지도 모르겠다.

아테네커피랩 4월

봄, 지나간 줄 알았는데(양평군)

더그림 수목원/옥천면

집에서 양평군에 있는 수목원 겸 카페 '더그림'을 가는 길은 곳곳이 정체되고, 햇빛은 나른하고, 시간은 늘어지고 있음에도 기분은 불만 가득한 압력으로 인해 딱딱하게 굳는 느낌이다. 목적지를 찍고 집중해서 달리는 이 행위의 당위성은 무엇일까? 갑자기 드는 회의감에 중간쯤에서 돌아가고 싶은 유혹을 뿌리치고 목적지에 다다르고 보니, 예쁘다. 아기자기하다. 정돈이 잘되어 있고 평화롭다. 정원엔 유색의 꽃나무들과 갖가지 꽃들이 바람에 산들거린다. 분홍 꽃이 소복이 피어 있는 서부 해당화 아래서 한 커플이 셀카를 찍고, 철쭉, 영산홍, 아직 벙글기 전인 수국, 흰 작약, 노란 물칸나가 샐쭉샐쭉 웃으며 반긴다. 사월의 끝자락, 저만치 지나간 줄 알았는데 뒤늦게 도착한 봄이 한구석에서 소생하고 있을 줄이야.

그리고 여기 오면서 tbs_eFM 라디오 방송에서 흘러나왔던 노래, '할렐루야'의 세 가지 버전(제프 버클리의 포크 송, 그룹 펜타토닉스의 아카펠라, 제이콥의 리듬&블루스)을 듣는 순간, 오는 길에 들었던 회의감 같은 것이 변덕스럽게도 싹 사라졌었음을 고백한다.

더 그림 카페 4월

혼밥 & 혼술(여주시)

감성식탁/상동 무문정/하동

여행하면서 가끔 성찬을 하고 싶을 때도 있는데 제대로 된 1인 정식을 허용하는 곳을 찾기가 쉽지 않았다. 마침 여주시에 혼자서도 맛있게 먹고 혼자서도 기분 낼 수 있는 곳이 있다고 하여 그곳에 가 봐야겠다는 생각으로 차를 몬다. 군데군데 이팝꽃이 고봉으로 피어 부푼 내 맘을 대신 보여 주기라도 하는 것 같다.

감성식탁- 주 요리main dish인 떡갈비에 아홉 가지 소찬과 순두부를 차려 내었다. 감성이란 이름에 걸맞게 상차림도 예쁘고 담백하면서도 혀에 감기는 맛이 좋다. 토마토를 김치 버무리듯 무쳐 낸 것도 특이하다.

무문정- 문이 없는 정자, 누구나 편하게 와서 즐기라는 뜻이라고 한다. 점원이 작은 화로에 고기를 구워 개인 워머가온기(加溫器)에 올려 주면 생와사비나 소금, 콩가루, 또는 청양고추를 넣은 간장에 찍어 먹으면 된다. 거기에 와인 한두 잔 곁들이는 폼, 겉멋이 아니라 색다른 식食문화의 경험인 것이다. 혼술 하는 사람들이 많이 와 주기를 바랐다는데 정작 그렇지는 않다고 한다. 10만이 조금 넘는 여주시의 인구수로 봐서는 다소 앞서가는 생각이었을지도.

나름대로 혼자 격식을 갖춘 식사를 하고, 낯선 도시에서 가고자 하는 곳의 좌표를 찍은 다음 운전을 하거나 걸어서 찾아다니는 것이 재밌다. 또한, 아무런 근심이나 고민 없이 일반적이지 않은 사치를 누린 하루지만 단단한 일상을 사는 데 필요한 굳은살 같은 시간이었다고 말하고 싶다.

발리모텔 5월

꽃이 진 마을에는(이천시)

백사 마을(산수유 마을)/신둔면

백사 마을은 산수유 마을로 알려져 있다. 반짝이는 네온사인 같은 꽃등이 밤낮으로 켜졌을 시기가 한참이나 지난, 5월 14일 현재는 초록 잎만 무성하다. 코로나19로 인해 꽃 축제가 취소되어 마을의 차량 진입을 불허했음에도 불구하고 길목마다 사람들로 넘쳐났었다고 한다. 햇빛이 연하게 우는 마을 길을 걷다가 파종을 하고 계시는 동네 어르신께 "꽃 피었을 때 마을이 참 예뻤겠어요. 뭐 심으세요?"라고 용기 내어 말을 붙여 보았다가 들은 얘기다. 꽃피는 철도 아닌데 아무개가 할 일 없이 한량처럼 돌아다니며 말을 시키니 싶으셨을지도 모르겠다.

길도 없는 길을 헤쳐 걷기도 하고 남의 집 대문을 기웃거리다가 개 짖는 소리에 놀라기도 하면서 짧은 시간 마을 길을 탐닉했다. 내 머릿속에 각인된 노란 꽃 무리는 없었으나, 사람이 북적이지 않는 백사 마을은 오히려 평온해 보였고 푸른 숨을 내쉬며 휴식하는 듯한 모습을 취하고 있었다.

정작 꽃이 가득할 때는 시기를 잘 맞춰 올 수나 있을까 싶지만 언젠가 꼭 다시 와 보리라 한다.

cafe 롱브릭스 5월

I was so scared(안성시)

죽주산성, 성은사/죽산면

죽주산성은 고려 시대 몽골군의 침략을 슬기롭게 물리쳤다는 송문주 장군의 이야기가 남아 있는 성이다. 그런데 혼자 잘해 보겠다고 내외[內外]로 큰소리쳐 놓고, 기껏 해 봐야 1km 조금 넘는 성의 둘레와 내부를 다 돌아보지도 못했다. 나들문에서 오른쪽으로 조금 오르다가 후퇴하듯 돌아서야만 했다. 아무리 대낮의 햇빛이 쩌렁쩌렁해도 탐방객이 오로지 나와 낯모르는 남자 한 명이 다였던 터라 공포감에 휩싸였기 때문이다.

이번 여행은 실패다. 포기하고 돌아서려는데 어랏, 길에 재미있는 부조상이 나란히 누워 있는 것을 보고 이끌리듯 걸어 들어간 곳이 '성은사'라는 절이다. 돌계단을 올라 절 마당에 들어서니 일본목련의 진한 꽃 향이 훅 들어온다. 다소 실망스럽고 지쳐 있던 내게 위로의 말을 건네는 것 같다.

계획한 대로 성공적인 결과를 이루지 못한 모자람에 아쉬운 마음이야 있겠지만 그렇다고 뭘 실패했다는 생각까지 했을까 싶다. 공포도 여행의 소재가 된다는 걸 이번 기회에 알게 해 줘서 오히려 고맙다고 해야겠다. 다양한 색채의 감정을 경험하는 것이 여행이니까.

그라노 드 cafe 5월

Going Again(안성시)

죽주산성, 성은사/죽산면

지난해 이성에 들어갔다가 무서워서 이내 나왔던 기억과 꽃 만개한 성은사의 봄이 못내 궁금해 다시 이곳을 찾았다.

성벽은 참으로 단아하고 견고해 보인다. 성곽을 축조한 사람들의 예술혼마저 느껴진다는, 다소 과장된 감정이 들기도 했다. 성은 외성, 중성, 내성의 3중 구조로 되어 있다고 한다. 반쯤 남아 있는 포대의 흔적과 그 곁을 수호하듯 서 있는 나무의 기개를 온몸으로 받으며 외성을 한 바퀴 둘러본다. "감회가 새롭다."란 이럴 때 쓰는 최적의 문장인 듯하다.

그리고 성은사, 작년에 우연히 들렀던 곳으로 그때도 충분히 좋았지만, 타 블로거들의 포스팅 사진 몇 장이 나를 이곳으로 다시 오게 만들었다. 꽃잔디가 피어 있는 돌계단을 층층 올라 대웅전에 이르기까지 매우 짧은 순간, 짧은 거리지만 내 모든 번뇌가 꽃 향에 묻혀 산화될 것 같은 응축된 감동에 사로잡혔다.

어느 곳을 가든 늘 적절한 시기를 놓쳤던 내게, 오늘 같은 풍경을 마주하는 행운도 주어질 수 있다는 것에 감사한 하루다.

집 2021년 4월

은근히 할 말이 많은(평택시)

평택호/현덕면

평택은 딱히 가 보고 싶은 곳이 마땅찮았었다. 그런데 막상 와 보니 은근히 하고 싶은 말이 많이 생기는 곳이다.

500년 전 경기 음악의 중심지가 바로 이곳 아산만(평택호) 일대였다고 하고, 산이 없는 평평한 땅으로 굿과 농악, 민요가 크게 발전했다고 한다. 그래서 그런지 평택호에 조성된 소리길에는 곳곳에 다양한 모양의 소리 의자들이 배치되어 있다. 해금, 상모, 8음계 등 저마다 이름을 가지고 있는데 버튼을 누르면 음악 소리가 난다. 소리와 관련된 형상의 의자들을 보는 것만으로 평택호에서 가진 짧은 시간이 밀도 높게 채워진 듯하다.

그러나 언제나 그렇듯 아쉬운 점도 있다. 수변로를 따라 걷다 보니 작은 전구가 달린 전선에 몸체가 둘둘 감긴 조형물들이 많았는데 그대로 봐도 괜찮겠지만 어둠이 깔리고 점등이 되면 화려하게 빛날 그들의 자태에 이 여행객의 가슴은 더욱 설렜을지도 모를 일이니 말이다.

그렇지만 또 '낮'이 주는 긍정 효과로 조명이 아닌 햇빛이 있어야만 생김새와 색채가 제대로 보이는 소리 의자들과 평택호의 전신을 제대로 감상할 수 있어서 좋았고, 예쁘고 질박한 카페 '행복한 터'의 마당에서 시간 가는 줄 모르고 놀 수 있었으니 그 또한 하나의 행복 아니겠는가. 한 가지 더, 도로 바닥에 그려진 〈단소를 부는 아이〉 그림은 한때 서툴게나마 〈청송곡〉을 단소로 연주할 수 있었던 내 젊은 날의 기억을 떠올리게 해 준다.

'행복한 터'가 open 전이라 거기서 이 글을 쓸 수 없었음을 진정한 아쉬움으로 남기며.

웨스트157 cafe 5월

꽃 중에 소금꽃(화성시)

공생염전/서신면 매화리

갈 곳을 검색하고 자료를 수집하면서 처음으로 가슴이 뛰었다.

'소금꽃 피는 마을/공생염전', 세상의 많은 것들에 꽃이라는 이름을 붙일 수 있고, 또한 진짜 꽃들도 무수히 많건만 '소금'에 붙이는 '꽃'이라는 이름 앞에서는 왜 이렇게 유독 묵직한 기분이 느껴지는지. '소금'이 주는 상징성 때문일까? 모든 음식에 빠져서는 안 되는 천연 조미료인 만큼 나 또한 내게 꼭 필요한 무언가를 잘 붙들고 살고 있는지 혹은 그렇지 못한지에 대한 무의식적인 반성 같은? 참 느닷없긴 하다.

작업하는 시간, 소금을 채취하는 시간이 정확히 언제인지도 모르고 무작정 매화리 공생염전을 향해 달린다. 다만 그곳에 염전이 있었으므로. 물 댄 소금밭에 햇빛만 어른거리는 곳, 물이 증발하여 막 소금기가 생기기 시작하는 곳이 있는가 하면, 한쪽 편엔 제법 소금이 쌓여 있는 곳도 있다. 만져 본다. 손에 닿는 까슬까슬함에 그만 울컥해진다. 오래 못 보고 있는 어느 친구가 내게 붙여 준 별명, '까시'가 생각났기 때문이다. 어쩌면 그 친구가 무척 그리운 건지도.

별이 제법 따갑다. 부디 소금이 많이 생산되어서 여기 사는 모든 주민이 저 분홍 낮달맞이 꽃처럼 활짝 웃으면 좋겠다.

Cafe Awesome 6월

불후의 기억(안산시)

쪽박섬/단원구

지난해 가을, 쪽박섬에서 대박 같은 밀물이 밀려들고 있는 것을 보았다.

무엇이 되었든 홀로 작업을 해 나간다는 것은 때때로 참 외로운 일이란 걸 알았다. 그래서인지 그때 보았던 장관을 다시 한번 보면서 위로받고 싶어진다. 지치지 말라고 응원의 춤사위를 추듯 힘차게 다가와 주는 것만 같았던 밀물의 건장한 힘. 그 시점, 그 지점에서 보았던 그 장면은 평생 내 가슴에 불후의 기억으로 저장되어 있을 것이다. 그 단 한 번이 전부가 되었다. 두 번째 갈 때는 어쩌면 달라질지도 모를 느낌이 두려울 만큼. 하여

가 볼 만한 곳이 분명히 많이 있을 것임에도 모두를 썰물같이 밀어내고 쪽박섬에서 보았던 밀물의 기억을 소환해 내는 것으로 안산시 여행을 대체하려고 한다.

언젠가 다른 바다에서 물때의 변화를 관찰하며 그때그때의 느낌을 낱낱이 기록해 보고 싶은 마음도 있다. 시시각각 변화되는 바다의 모습을 기대하며.

집 6월

덧, 참고로 저 등대는 탄도항이었던가. 기억이 가물거리지만, 쪽박섬을 향하던 여정의 소중한 순간이라 올려 둔다. 쭈꾸미 전골도 무척 건강한 맛이었다.

둠벙(시흥시)

관곡지/하중동

관곡지의 메인main 풍경은 연밭이다. 아주 넓지는 않지만, 연꽃 피는 철이 되면 한적한 주변 풍경과 이곳에 날아드는 각종 새를 보면서 잠시라도 즐겁게 시간을 보낼 수 있겠다는 생각이 든다.

나는 이번에도 연꽃 피는 시기의 정점을 비껴간다. 그러나 연꽃보다는 섶다리가 보고 싶었던 것이니 오히려 인적 없는 이곳에서 맘껏 노닐 수 있어 더 좋았다. 앉았다가, 먹이를 찾다가, 푸드덕 날아오르는 저어새와 함께.

섶다리에 대한 자세한 설명은 생략하기로 한다. 다만 늦가을에 놓았다가 이듬해 여름 장마철이 되면 떠내려가는, 자연스러운 '사라짐'에 대한 로망이랄까 뭐 그런 감성에 이끌려 단순히 관상용으로 제작된 섶다리를 찾아 여기까지 왔다는 것. 그런데 다리를 세우려고 강이나 하천을 대신해 만들어진 '둠벙'에 마음이 더 스며들고 말았다. 고요했다. 내 마음의 어떤 생각들도 둠벙에 담긴 하늘의 구름과 섶다리와 초록 나무들처럼 그저 하나의 고요한 풍경이길 바라본다.

한 무리의 자전거 행렬이 지나간 후 뒤늦게 한 쌍의 라이더가 그 뒤를 따른다. 푸릇푸릇 싱그럽다.

denis coffee 6월

YOLO or Loneliness(부천시)

원종시장 주변/원종동

부천에 와서 원종시장 골목을 헤매게 될 줄은 몰랐다. 원래는 옹기박물관을 가려고 했는데 코로나 여파로 휴관을 한 것이다. 일단 분위기 좋은 카페라도 찾아보려고 주변을 세 차례나 돌다가 좀 멀리 떨어진 어느 빌라 구석에 주차해 놓고 '숲카페'를 향해 걷게 되었다.

뜻하지 않은 샷을 건진다. 요즘 보기 드문 철물점 앞에 예술적으로 전시된 타일과 자전거(자전거 하면 자동 반사적으로 뒤따라오는 생각이 아버지다. 자전거로 나를 등·하교시켜 주셨고, 내게 처음으로 자전거 타는 법을 가르쳐 주셨던 아버지. 글은 이렇게 단 두 구절로 요약되지만, 그에 스며 있는 추억은 언제나 공기처럼 나와 함께 호흡한다.)가 있는 풍경, 어느 집 담벼락에 꽃이 핀 남천, 구매 욕구를 불러일으키는 과일 판매대와 원종시장 간판 그리고 원종초등학교…, 돌아다니다 보니 배가 고프다. 낯선 도시에서 익숙한 듯 색다른 거리를 배회할 때 싸하게 밀려드는 이런 공복감 같은 느낌이 좋아서 중독처럼 길을 떠나는 건 아닐까.

'1인 식사 가능'이라는 글귀가 붙은 어느 식당에 들어간다. 알탕을 주문해 놓고 기다리는 사이 재밌는 점을 발견한다. 테이블이 모두 7개가 있는데 공교롭게도 여섯 테이블의 손님이 각각 1인이다. 그냥 그렇다는 거다. 인생을 혼자서도 즐길 줄 아는 YOLO(you only live once)족이거나 lonely한 거지. 무슨 보탤 이야기가 있을까만, 깜빡 잊은 사실이 하나 있다. 이 식당에 들어올 때 보았던 '1인 식사 가능'이라는 문구를. 나는 아마도 붕어의 뇌를 가진 것이 아닐는지.

숲카페 6월

이기적인 현실주의자(고양시)

중남미문화원/덕양구

문화원 입구를 들어서자마자 단단하고 중후한 붉은 벽돌 건물에 기분 좋은 위압감을 느낀다.

이역만리 머나먼 남의 나라 문화지만 한때 찬란했던 그들 문명의 흥망성쇠 과정과 전시된 유물들을 보면서 인간의 탄생과 성장, 죽음에 이르는 한 생애와도 같은 흐름에 공감하며 관람하게 된다. 수많은 유물 중에 '죽음과 부활의 가면(Mask of Death & Rebirth)'이 특히 내 눈길을 끄는 이유다. 아래 청동 여인상은 우리나라 제주 물허벅을 진 여인과 느낌이 비슷해서 모셔 왔다.

꿈을 '좇아' 끊임없이 도전하는 열정적인 이상주의자 돈키호테에게 꿈을 '향해' 포기 없이 다가가는 (어쩌면)이기적인 현실주의자인 나를 대입시켜 본다. 나의 로시난테(그런데 나의 로시난테는 무엇? 2005년식 SM5 승용차?)여 부디 나를 무탈하게 인도해 주기를…. ^!^

따꼬 2020년 6월

소 · 확 · 행(파주시)

프로방스 마을/탄현면

프로방스 마을은 '쁘띠 프랑스' 느낌의 shopping mall이다. 쇼핑하려는 마음은 전혀 없었는데, 이 예쁜 마을에서 뭔가를 사야겠다는 욕구가 막 솟아나 꽃무늬가 시원하게 프린트된 초록색 와이드 팬츠랑 힙색hip sack을 하나 샀다. 느닷없는 이 소비 충동마저 사랑스럽지 아니한가.

가끔은 세상 근심 따위 다 내려놓고 작지만 확실한 행복의 중심에 있어 볼 일이다.

cafe rose 6월

이 시대의 ‘양키시장’(동두천시)

양키시장/생연동

1984년, 내 사회생활의 첫발을 내디뎠던 곳이 동두천시다. 감회가 남다를 수밖에 없다. 여기서 7~8개월을 살았던가? 그 짧은 기간 좋은 기억, 가슴 아픈 기억들이 많지만 그중 칼국수, 하면 늘 ‘생연’이라는 지명이 저절로 떠오를 만큼 생연 칼국수 맛을 잊지 못해 다시 생연동을 찾았다.

옛날 그 집인지 아닌지는 잘 모르겠다. 그러나 닭칼국수 국물 맛이 깊고 정갈하게 차려진 반찬도 정말 맛있어서 한 그릇 뚝딱한다. 옛날 그 집이려니 여기면서.

그리고 정작 살 때는 몰랐다가 후에 동두천과 관련된 여러 이야기를 역사책 속에서 또는 문학 작품 속에서 접하면서 왠지 이 도시가 더 애틋해졌다. 한국 전쟁을 겪으면서 미국 군인들이 오래도록 주둔했던 도시이기도 하다. 그래서인지 '양키시장'을 꼭 방문해 보고 싶은 생각이 늘 있었다.

시장은 과연 한때라도 번창했을 때가 있었을까 싶을 만큼 휑하고 쓸쓸하다. 가게마다 더운 바람만 나른하게 부는 가운데 바둑을 두고 있는 두 남자의 모습만 진지하다.

한 가게에 들어가 초콜릿과 종이컵을 구입한다. 원하는 물건을 얼마든지 해외에서 직접 구매할 수 있는 시대지만 언젠간(아마도 곧?) 구시대의 유물이 될 양키시장에서 굳이 무엇인가를 사 보는 행위도 의미 있는 일이리라.

multi dessert cafe 6월

빛 I (양주시)

맹골 마을/남면

목적 없이 한 마을을 샅샅이 간섭하듯 기웃거리는 맛은 언제나 즐겁다. 여전히 개인 집의 사진을 찍는 건 어색하고 미안한 일이지만 몰래몰래 서둘러 셔터를 누르는 기분도 아찔하게 좋다. 그래서 비록 사진 찍는 일이 서툴고 부족해도 스스로 만족하는 것이다.

맹골 마을은 가는 곳마다 눈이 부시다. 나물거리며 메주며 키 낮은 채송화에 빛의 은

총이 가득하고, 어느 고택 마루에 틈도 없이 줄지어 앉아 있는 빛살까지 온 마을이 가을 한낮의 빛으로 출렁인다. 솟대를 깎아 모양을 낸 나무 기둥에 손 글씨로 쓴 방향 표지판도 정겹고 키 큰 목각 장군들도 위압감 하나 없이 든든하다.

그리고 36년 전 내 첫 근무지인 상수 초등학교도 슬쩍 다녀온다. 남아 있는 기억이 희미해졌대도 '처음'이란 의미는 언제나 큰 것이다. 햇빛 가득한 운동장 한가운데 덩그러니 놓인 축구공 하나 톡, 차올리면 맑고 쨍한 하늘에서 금빛 가루처럼 추억이 우수수 떨어지려나.

cafe Aesop 6월

빛 Ⅱ (의정부시)

서계 박세당 선생 사랑채/장암동

솔직히 박세당 선생에 대해선 잘 모른다. 조선 후기 실학자로 관직에서 물러난 후 이곳에서 학문을 연구하고 집필 활동을 했다는 것 외에는. 다녀온 사람들의 포스팅을 보고 이끌려서 왔는데 사유지라 그런지 출입 금지 팻말이 붙어 있다. 아쉬웠지만, 이 또한 내 시간의 일부이므로 완성도에 의미를 두지는 않기로 한다.

선생의 사랑채는 수락산을 병풍으로 삼고 고즈넉하게 앉아서 한옥의 정취를 맘껏 내뿜는다. 기와가 미끄러질 듯 내려오다가 끝자락에서 탁 튕겨 올라가면서 만들어지는 곡선은 언제나 도도한 품격으로 나를 압도한다. 멀리서 그 전신을 감상하는 것만으로도 아깝지 않은 발걸음.

햇빛이 닿는 사랑채의 측벽은 등을 켜둔 듯 밝고 따사하다. 몇 개월간의 코로나-블루에서 탈출한 오늘은, 여기에도 저기에도 가을 한낮의 빛 축제 속에서 눈물겹다.

cafe 아를 10월

가을에 편재된 하루(남양주시)

미음나루터/수석동

한낮의 나른한 꿈이라도 꾼 것일까. 잔잔히 뒤척이던 한강의 물살과 그 위의 쪼개져 빛나던 물살이 내내 기억을 잠식한다.

이곳은 예로부터 넓고 잔잔해서 마치 호수 같아 보인다고 하여 미호[渼湖]라고 불렸고, 조선 후기 실경산수화의 대가 겸재 정선이 그린 그림의 배경을 이룰 만큼 풍광이 뛰어나기로 유명한 곳이다.

설명도 은유도 수사도 무용한 미음 나루터에서의 하루, 오늘 나는 구름까지 완벽한 가을의 기후와 강물에 편재되었다.

cafebene 10월

나무에 기대어(광주시)

남한산성(행궁)/남한산성면

외곽 도로가 아닌 서울 도심을 가로지르면서 아슬아슬, 길을 놓칠 뻔했던 몇 번의 위기와 혼잡한 도로를 뚫고 남한산성의 행궁에 도착한다.

남한산성은 병자호란 때 인조가 머물며 항전하던 곳이다. 역사의 무게를 뒤로하고 나는 아기자기 예쁜 집들의 면면과 전체 구조를 감상하며 분주히 돌아다닌다. 그러던 중 이 궁의 모든 건물과 나무들을 통틀어 가장 키가 크고 기골이 장대한 느티나무를 보고 시·공간이 정지된 듯 그 자리에서 요모조모 뜯어보고, 재고 만지면서 한참 동안 시간을 보낸다. 긴 세월의 영욕을 견디어 냈을 나무의 위대함에 그저 미물일 수밖에 없는 나의 모든 탐욕과 불안을 조용히 묻어 둔 채.

우리꽃차이야기 10월

덧 1. 그리고 집으로 돌아오는 길, 고작 56km밖에 안 되는 거리를 내비게이션과의 불통, 서울의 기하학적인 도로 구조, 금요일 퇴근 시간의 정체, 무엇보다 가장 힘들었던 요의[尿意]감, 불안과 초조, 이 모든 악재를 딛고 3시간 30분 만에 귀가하다.

덧 2. 행궁 전체 조감도는 안내지에서 가져온 것이다.

뜻밖의 Halloween(용인시)

보정동 카페거리/기흥구

건물 반 나무 반으로 자연 친화적인 거리가 조성된 이곳은 때마침 Halloween이 가까워서인지 거리마다 상점마다 호박 등에 불을 밝혀 놓았다. 죽은 사람들이 이승으로 오는 것을 쫓아내려 기괴한 복장을 한다지만 그냥 그것을 핑계로 일탈의 하루를 즐기는 축제가 된 날, 나 같은 주변인도 덩달아 분위기에 휩쓸려 본다.

"Trick or Treat." 이렇게 귀여운 떼를 쓰며 인생을 철부지처럼 살고만 싶어지는 날.

cafe yaang 10월

어설프지만 가을(오산시)

물향기수목원/금암동

아마도 이곳에서 올해 가을 색의 정점을 만난 게 아닐까 싶다. 올해 내가 본 나무들은 모두 단풍 들기도 전에 잎들이 말라 바스락거리거나, 매달린 채로 낙엽이 되어 버렸다. 여기도 가을의 진수라 할 수 있는 건 아니지만 내가 선택해서 찾아다닌 곳, 그중에 그렇단 얘기다.

처음 본 규화목(지하에 매몰된 식물의 목질부가 지하수에 용해된 이산화규소와 치환되어 돌처럼 단단해진 식물 화석/출처 네이버 백과사전)도 신기하고, 파드득나물이라는 식물 이름도 재밌고, 굴참나무 가지치기 한 자리는 올빼미 눈처럼 깜짝 놀라 있고, 산사나무와 댑싸리는 '나, 가을 남자/

여자!' 하고 있고, 수생식물원에 내려앉은 하늘은 본 하늘보다 더 새파랗고.

체험학습 나온 아이들도 가을처럼 토실토실하구나.

호텔 아스트로 10월

덧. '혼자 노는' 공간에 특별한 친구를 청해 같이 놀았다. 이름도 정겨운 순○, 그 친구의 소회도 따로 있겠으나 기꺼이 함께해 준 친구가 나는 그저 고맙다.

구석에서 물든 행복(수원시)

행리단길 주변/장안동

ㅇㅇ리단길- 우리나라에는 어림잡아 수십 개의 ㅇㅇ리단길이 있다. 최초 경리단길을 시작으로 그 아류가 계속 생성되는 것 같다. 그래도 일단 이름이 붙은 길에는 특화된 볼거리가 있을 것 같아 수원 행리단길을 찾아보았다.

낯선 곳의 길을 누비고 다니는 건 언제나 신선하다. 재밌게도 이곳에서 가장 많이 본 것은 보살 및 장군집이다. 때로 믿고 싶기도 하고 안 믿기기도 하는 애매한 점집. 보이지 않는 생의 운을 점쳐 보는 일은 늘 구미가 당기지만 선뜻 들어가기는 또 망설여지는….

그 외 품격 있는 소나무 길과 수원 화성을 축조한 왕의 이름을 딴 정조로의 각진 플라타너스 길도 인상적이었다. 골목골목 예쁘고 아기자기한 가게들이 많았는데 그중 '수' 공방에서 본 뚱뚱하고 못생겨서 역으로 너무나 귀여웠던 부엉이 가족을 모셔와 본다. 그리고 어느 집 담장의 하트 모양 덩굴도, 화서문의 육중한 웅장함도, 조선 여인 최초로 세계 여행을 했다는 시인이자 화가인 나혜석을 기리는 작은 갤러리와 골목길도 셔터를 누르는 내 손길을 바쁘게 만들었다.

오늘 나는 경기도청 소재지인 수원이라는 큰 도시의 점 하나 정도의 면적에 불과할 만한 작은 한구석에서 분출하는 행복감에 물들었다.

Roastery Cafe 치치 10월

내가 호수의 풍경이 되다(의왕시)

백운호수/학의동

갑자기 기온이 뚝 떨어져 만추라기보다 초겨울에 가까운 날씨에 백운호수 둘레길을 걸었다. 역시나 가장 아름다웠을 뷰view의 정점을 비껴간 나의 기가 막힌 타이밍 설정에 또 한 번 헛웃음이 나왔지만 그래도 좋았다.

호수를 통째로 끼고 돌아본 적이 있었던가? 처음이다. 유색 벼를 재배해 글자 문양을 만들었던 논은 이미 추수가 끝나 있었고, 수분이 다 빠져 부스스한 갈대가 마른 바람에 흔들리고 있었지만 괜찮다. 오늘은 나 자체로 백운호수의 하나의 풍경이 되면 되는 것, 이보다 더 큰 의미는 없을 듯하다.

놀라운 것은 눈으로 보기에는 어휴 어떻게 저 둘레를 다 돌까 싶을 만큼 커 보였는데 호수 둘레가 3km밖에 안 된다는 사실이다. 눈은 발보다 게으르고 발은 눈보다 빠름을 실감한 날이기도 하다.

Cafe 李白 11월

궁금한 건 궁금함으로(군포시)

갈치저수지/속달동

백운호수에 인접해 있는 갈치저수지로 이동한다. 이곳 갈치저수지는 백운호수를 50평대 아파트의 면적으로 친다면 현관에 신발 벗어 두는 곳 정도의 아담한 크기인 것 같다.

저수지의 풍경이 한눈에 들어오는 카페에 앉아 수면이 끊임없이 일렁이며 한 방향으로 밀려가는 것을 보면서 어디로 가는 걸까 우문愚問을 하고 있다. 어리석은 질문은 넣어 두고 카페나 둘러보자. 정원은 도자기로 여러 모형을 만들어 전시했고 내부도 갖가지 그릇을 빚어 구석구석 놓아두었다. 판매용인지 전시용인지 모르겠으나 예쁘다.

저수지 모양이 길쭉하지도 않고, 갈치가 서식하는 것도 아닐 텐데 왜 이름이 갈치저수지인지, 또한 이조년의 시 「多情歌」 중 "이화에 월백하고…."라는 시구가 생각나게 하는 카페 이름 '李白'에 대해서도 조금 궁금하다. 그렇지만 너무 다 알려고 하지 말 것.

Cafe 李白 2020년 11월

높고 낮음의 대비(안양시)

염불사/만안구

대웅전을 오르는 가파른 돌계단 사진에 혹해 염불사를 찾았다.

산사에 드는 길마저 경사각이 높아서 기어를 2단으로 하고 후들후들 올라와 보니, 과연! 일주문도 없는 절 마당에서부터 딱, 계단이 뻗어 있고 그 끝에 대웅전이 있다. 대웅전 지붕 처마 자락은 어찌나 도도하게 솟아 있는지 마치 하늘 한 공간을 찔러 신도들의 기도를 들어 달라 겁박이라도 하는 모양새다. 산의 경사면에 지어진 작은 전각들을 구경하면서 단차 높은 계단을 천천히 오른다. 그 꼭대기에 칠성각이 있다. 그곳에서 절 전체를 조망하는 맛도 좋다.

그런데 높이 오르고 올라야 볼 수 있는 염불사의 돌계단, 대웅전, 칠성각과는 완전히 느낌이 대조되는 낮은 담장이 눈에 들어온다. 몸이 굽은 나무들과 기와를 타고 오르는 담쟁이덩굴 잎이 낮은 담장과 함께 가을 정서에 물들고 있다.

평면에 가까운 돌탑 옆구리에 돌 하나 얹으며 나는 무엇을 빌었을까. 무념무상.

Cafe PLANET 11월

오늘은 좀 대견한 듯(과천시)

서울대공원/막계동

서울대공원을 혼자 오다니. 혼자 노는 것 중 가장 큰 모험이 아니었나 싶다. 그러나 지금껏 그랬듯이 막상 오면 어떻게든 해결이 된다. 여지없이 실수와 시행착오를 겪지만, 결국에는 주차를 하고, 코끼리 열차를 타고, 리프트도 타고, 동물원을 활보한다는 것이다.

한 방향을 향해 걷는 홍학, 마주 보는 기린, 세상 편한 자세로 양지바른 문에 기대앉아 무언가를 살피는 미어캣, 이런저런 큰 짐승 작은 짐승들, 모두 이 세상에선 인간을 위해 의지와 상관없이 우리에 갇혀 살지만, 내생에는 부디 그들 본능대로 살 수 있기를 바랐다. 누가 알겠는가. 입장이 바뀔지.

가을을 가로질러 오가는 길은 참 좋다. 오늘 특히 그랬다. 색채의 향연에서 질서의 안정감을 느끼고, 반대로 환절기 옷매무새가 조화롭지 못한 사람들에게서는 헐거운 안정감이 느껴진다. 내비게이션의 지시에 무조건 복종함으로 얻어지는, 종착지에서의 안도감과 희열감 또한 길치인 나로서는 여행의 큰 묘미 중 하나다.

가을이 다 가고 있다. 조금 서럽다. 그래도 오늘은 내가 살짝 대견한 것 같다.

Cafe D 11월

그중에는 '조르바' 같은(광명시)

광명동굴/가학동

광명동굴은 1912년 일제강점기 광물을 채굴하기 위해 파 놓은 곳이다. 그 후 전쟁 피난처, 산업기 최대 금속 광산, 새우젓 저장소 등을 거쳐 지금의 관광 명소가 되었다.

100년의 역사를 이어 온, 미로 같은 갱도엔 수많은 사람의 이야기가 서려 있을 테지만 그중에 나는 광부들의 삶의 애환에 가장 관심이 갔다. 그래서인지 광물을 운반했을 레일과 "돈만이"라고 쓰인 낙서 앞에서 오래 머물렀다. "돈 많이", 부자가 되고팠을 마음과 꿈을 표현했겠지. 그들 모두 팍팍하고 힘든 삶이었을지 모르지만 그래도 그중에는 조르바

(소설 『그리스인 조르바』/니코스 카잔차키스'에 등장하는 인물) 같은 자유로운 영혼의 노동자들도 더러는 있지 않았을까 하는 낭만적인 생각을 해 보았다.

사계절 온도 12℃를 유지하는 동굴 내부는 아쿠아리움, 레이저 쇼, 각종 이름의 공간, 와인 동굴 등 다양한 주제와 볼거리를 접하면서 1시간 정도 걷기에 안성맞춤인 장소다. 근대의 비극적 역사의 전철을 두 번 다시는 밟지 않는, 여가와 여유의 공간으로 꾸준히 이어지길 바라본다.

동네 사랑방 11월

유구한 세월 저편(구리시)

고구려대장간 마을/아천동

고구려대장간 마을은 고구려의 발달한 철기 문화를 보여 주고자 아차산에서 발굴된 간이 대장간 시설을 바탕으로 상상을 더해 만들어졌다고 한다.

마을 입구를 들어서면서부터 어떠한 힘에 압도당하는 느낌이 든다. 소소한 생활용품보다는 주로 전쟁의 도구를 만들었을 사람들의 땀과 팔뚝에 울끈불끈 솟는 정맥 같은 그림이 그려져서 그런 건지도. 지름이 7m나 되는 거대한 물레와 풀무, 모루 등 대장간의 중요한 기구들과 집들의 너와 지붕, 외벽을 쌓은 돌과 조형물에서조차 기개가 품어져 나오는 것 같다.

나라는 사람도 유구한 세월 저편, 이곳 어딘가에서 풀무질을 하던 건장한 남자였을 수도 있지 않을까. 그 시절 일을 끝낸 후 탁배기 한 잔 맛은 어땠으려나 싱거운 상상을 해본다.

CAFE LECOUCOU 11월

그래서 참 소중한 것(하남시)

광주향교/교산동

고구려 왕조를 거쳐 조선 시대로, 단 몇십 분 만에 1,000여 년의 시대를 뛰어넘으며 선조들의 흔적을 따라 이동한다.

2020년 현재, 비록 '향교'라는 용도에 맞게 이용되고 있지는 않지만, 격조 있는 집채와 수령 500년의 은행나무가 있는 광주향교는 그 자체로 위엄이 있다. 그리고 군불을 지폈을 아궁이와 낮은 굴뚝과 널찍한 대청마루는 그 시대 공자 왈, 맹자 왈 하며 선의의 경쟁과 우정을 나누었을 유생들의 숨결이 느껴진다. 이 시대에 살면서 옛것의 향취를 접할 수 있는 문화유산은 그래서 참 소중한 것이다.

아래 왼쪽 사진은 구멍 뚫린 변기가 있는 화장실이다. 공중변소가 아닌 이곳에서 요의를 해결했다. 문이 열려 있어서 얼마나 고맙던지.

CAFE LECOUCOU 11월

가교架橋(성남시)

하오고개 육교/청계동

드디어 경기도의 마지막 여행지 성남시다. 갈 만한 곳을 서치search 하다가 어느 블로거가 포스팅한 육교에 호기심이 생겨 찾아가 보기로 한다.

이름하여 '하오고개 육교'로 무조건 내비게이터navigator를 따라가다 보니 육교가 보이는 곳쯤에서 목적지에 도착했다는 안내 음성은 나오는데 육교를 올라가는 계단은 어디에도 보이지 않고 차를 임시로 세울 수 있는 갓길도 없다.

그렇다고 육교로 올라가는 곳의 이정표가 있을 리도 만무하거니와, 미련스럽게 왔다 갔다 해 본들 육교 밑만 통과하면 시야에서 육교가 사라져 버리는 신기루 같은 현상만 반복된다. 아니 사라지는 것이 아니라 바로 머리 위에 실체가 있는데 직접 밟아 볼 수 없는 답답함이라니.

포기하기에는 오기가 생겨서 지도 앱에서 '하오고개로'를 찾은 다음 지도상에 나타나는 큰 건물을 목적지로 정하고 일단 그 방향으로 이동한다. 그곳에 도착한 후에는 지도에서 파란색 작은 점으로 표시되는 현재 위치가 차량의 경로를 따라 움직이는 대로 따라가다가 마침내 육교를 오르는 계단 앞에 이른다. 할렐루야!

육교의 한쪽은 태봉산길의 끝점이고 다른 한쪽은 다시 청계산길의 시작점인 것으로 보아, 등산객들의 편리를 위하여 건설된 듯하다. '육교'라기보다는 산과 산을 연결해 주는 '구름다리'라고 하는 편이 나을지도 모르겠다. 육교 아래 시원하게 뻗은 57번 지방 도로 위로 차들이 달리고 저 멀리 수도권 제1 순환 고속도로 청계요금소도 보인다.

어렵게 찾아낸 곳, 하오고개 육교는 다들 저마다의 이유로 시간과 속도를 다투며 살아야 하는 일상에서 잠시 빠져나와 산길을 걸으며 한가로운 숨을 내쉴 수 있을 것 같은 곳이다.

나에게 있어서 하오고개 육교는 경기도의 마지막 여행지로 또 다른 시작점을 향해 나아갈 수 있는 가교 같은, 상징성을 부여해 주는 역할이 되어 주었다고나 할까.

Cafe the brick 109.2 11월

김포의 배꼽(김포시)

1985년부터 김포에 둥지를 틀다.

그동안 검단을 포함한 김포의 일부 면적이 인천으로 편입되고

지역 단위 군에서 시로 승격되고

비록 사회책에서 보던 김포평야로서의 명성은 간데없어도

지하에는 골드 라인이 가쁜 숨을 내쉬며 쉴 새 없이 달리고 있고

지상은 인구 50만에 육박하는 대도시가 된 나의 제2의 고향 김포시의

배꼽 같은 곳, 가현산은 언제나 늘 항상 변함없이

김포의 다정하고 푸르고 깨끗한 쉼터이길.

가현산/양촌읍(인천의 검단과도 이어져 있음)

섬

제주도

(2021년 6~7월)

입도入島/경이로운 물빛

함덕-동북 해안도로

두렵고 어색한 마음으로 섬에 내리다

바다 빛깔에 벌써 마음이 젖다

아무 데나 앉아서 마음을 부려 놓고 바다를 보다

마음은 이미 제주도에 물들다

한 달간의 여정을 시작하다.

『실패를 사랑하는 직업』(구좌읍)/수국이 빛나지 않잖아, 비 때문에

월정리, 별방진, 종달리

어제의 상냥했던 날씨와는 달리 종일 바람을 동반한 비가 내리는 날이다.

월정리 골목길, 어느 작은 책방의 통창으로 보이는, 열심히 타자기를 치고 있는 처자의 모습에 이끌려 안으로 들어간다. 여러 소품과 소책자들 사이에서 『실패를 사랑하는 직업』(요조)이란 책을 사 들고 나온다.

만월당에서 딱새우 파스타를 주문해 놓고 방금 산 책을 읽는데 어찌나 문장이 간결하면서도 재밌는지 젊은 작가의 트렌디trendy하고 감각적인 문체에 녹아들었다. 작가가 제주 성산읍에서 '무사'라는 책방을 운영하고 있다고 하니 내일은 무조건 그쪽으로 직진할 것이다. 그 외에도 감귤서점, 구좌상회카페 등 제주스러운 풍경의 가게들이 많았는데 오늘따라 모두 휴일이어서 들어가 보지는 못했으나 외관을 볼 수 있었던 것만으로도 만족스럽다.

해안도로를 달리다가 시커멓고 높은 돌담으로 둘러쳐진 마을이 보여서 담 사이 트여 있는 길로 조심스럽게 들어가 본다. 온통 검은 현무암으로 두렁을 쌓고 땅 색깔마저도 까매서 무슨 석기시대로 빨려 들어가는 것만 같은 괴기스러운 느낌이 든다. 덜컥 무서워졌으나 사람 손길 닿은 밭이랑과 훌쩍 자란 초록의 대파밭을 보니 안도감이 밀려오면서 제주의 독특한 풍경일 뿐이라는 생각에 미친다. 이곳은 '별방진'이라는, 倭왜의 출입을 막으려고 쌓았던 성이라고 한다.

종달리 길에는 소문대로 수국이 활짝 피어 오가는 이들의 시선을 잡기엔 충분했으나 날씨 탓으로 그 화사한 얼굴의 백분의 일도 빛을 내지 못하고 있다. 날 좋은 날 다시 보러 왔을 때 이미 지고 있는 모습이 아니기를 바랄 수밖에.

좋은 예상은 자주 빗나가(구좌읍, 성산읍)

/풀도 내 머리칼도 제 맘대로 흔들린 날

종달리, 수산리

어제 계획했던 대로 책방 '무사'에 간다. 긴 하루 바쁠 것 없이 여유 있게 움직이는데 날씨는 성급하고 거칠다.

성산읍으로 직행할 수도 있었으나 일부러 평대, 하도리, 종달리 해변을 경유한다. 3일째 같은 코스를 지나는데도 날마다 새로운 풍경을 보는 것 같다. 날씨에 따라, 골목길에 따라, 보는 시각에 따라, 감탄이 가중되는 것이다.

평대 해변의 성난 파도가 그렇고, 돌담을 정갈하게 쌓은 집들이 있는 마을 어귀도 그렇고, 포구에 정박해 있는 배들이 그렇고, 어제부터 눈독을 들였던 식당 '소금바치 순이네'서 돌문어 볶음을 먹은 것도 그렇다. 오늘의 종달리 수국은 어제보다 밝은 낯빛으로 기꺼이 사람들의 카메라 앵글을 향해 얼굴을 내준다.

그리고 책방 '무사', 작가 요조에게 월정리 작은 책방에서 『실패를 사랑하는 직업』을 샀노라 자랑하고, 가능하면 사인도 받겠다는 야무진 꿈을 안고 갔는데, 출장 중이란다. 좋은 예상은 자주 빗나가는 법이다. 책방은 사진으로 보다시피 구비되어 있는 책들이 많지는 않지만 읽고 싶어지는 책들도 상당히 있다.

『물결』이라는 책 한 권을 집어 들고, 높은 선반 쪽으로 눈길이 향했는데 사과 궤짝에 꽂힌 책들이 보인다. 갑자기 추억 하나가 훅 밀려온다. 물품이 넘쳐나는 지금과는 달리 학교가 가난해서 사과 궤짝을 주워다가 금박지, 은박지 입혀 책꽂이 대용으로 쓰던 때가 있었다. 내 생애[生崖] 절반을 일했던 학교지만 일부러 기억을 연관시키지 않으려고 애쓰는 편인데 제주도 한구석의 작은 책방에 있는 사과 궤짝에서, 이렇게 화들짝 다가서는 추억은 반갑기도 하고 참 뜨거워지기도 한다.

우연히 그곳, 송당리(구좌읍)/낮은 하늘, 파랑이 없어도 좋은

송당리

오늘은 비자림에 들렀다가 여유 있게 공항으로 가서 가족들을 만나 저녁을 함께 먹기로 한 날이다.

오전에 여유를 너무 심하게 부리다가 비자림 입구에서 돌아 나와야 했다. 코로나로 인해 입장 가능 1,800명이라는 인원수 제한에 걸린 것이다. 아쉬운 대로 숲길이 아닌 포장된 다랑쉬북로를 지나고 비자림로를 따라 무작정 걷는다. 지칠 때쯤 버스 정류장을 발견하고, 버스를 타긴 했으나 공항에 가려면 '송당리'라는 마을에서 환승을 해야 한다고 해서 하차를 한다. 약속 시간까지 4시간이나 남았다. 마을 이름도 거리도 낯설고, 번듯한 건물 하나 눈에 띄지 않는 이 작은 마을에서 뭘 하고 보내나 싶어 두리번거리다가 일단 또 목적 없이 걸어 보기로 한다.

소박하고 허름하고 오래되고 간판도 희미한 카페, 레스토랑, 술집, 소품 샵, 책방 등이 줄줄이 눈에 띈다. 갑자기 호기심이 탄력 공처럼 튀기 시작한다. 화려한 외양으로 사람의 눈을 자극하지 않아도 조용조용 피어 타인의 시선을 받는 들꽃 무리처럼 은은한 잔상이 남는 동네랄까. 소품샵 'Far & East'에 들어가서 예쁘고 진기한 물건들을 구경하기도 하고, 왠지 만화방스러운 느낌의 책방 '서실리'에 들러 『동네서점 베스트 컬렉션』(은희경) 한 권을 사 들고 또 걷는다. 아니 이곳저곳을 기웃거려 본다.

내가 꼽은 송당리의 풍경 중 최고는 수령 몇백 년은 족히 넘었음 직한 커다란 나무와 그 아래 앉아 계시던 할머니다. 동네 주민들께 말을 거는 일은 언제나 멋쩍고 두렵지만, 이번에도 용기 내 인사를 건네 본다. "안녕하세요. 나무가 커요. 사진 한 장 찍어도 될까요?" 제주도 방언으로 뭐라 뭐라 말씀하시는데 용케 알아들은 말은, 그 큰 나무 이름이 후박나무라는 것이다. 일본목련을 후박나무로 잘못 알았던 적이 있어 그런지 몰라도 뭔가 뜨끈한 게 올라와 목젖을 적시는 느낌이다. 집채보다 큰 나무 밑에 정물처럼 앉아 계시는 할머니의 굽은 등이 못내 안타까운 이유도 있을 듯하다.

송당리에서 보낸 한나절, 요란하게 드러내지 않음에도 이토록 내적 밀도가 높은 가게들 문턱을 드나들고 동네 골목길을 걸으며 시간이 순간 삭제되는 마술 같은 경험을 한 날이다.

카페 '우연히, 그곳'에서 쓰고, 송당리 버스 정류장에 앉아 마무리하다

오늘도 視界시계는 좁았지만, 나는 용감했다(표선면)

/안개비가 무질서하게 흩날리다

따라비오름, 성읍

빛이 있다면 모든 사물이 제 가진 색깔의 미세한 부분까지 투명하게 드러나 그 형태와 배색이 더욱 아름다울 텐데 야속하게도 제주의 현재는 또 흐림이다. 그럼에도 불구하고 따라비오름과 성읍 민속촌에서 활보하는 나는 행복에 겹다.

구좌읍에서 표선면으로 가는 길가의 편백나무는 너무나 울창해서 장중하기까지 하다. 때마침 CD 플레이어에서는 일부러 맞추기라도 한 듯 리스트의 〈교향시 3번 전주곡〉이 흘러나오니 궁합이 환상이다.

따라비오름은 제주에 있는 수백 개의 오름 중 능선이 아름답기로 유명해서 선택한 곳으로, 세 개의 굼부리(분화구)를 돌며 무료하게 늘어진 능선을 맘껏 탐하고 싶었었는데 안개가 시야를 방해한다. 이만한 밝기라도 감사하며 희미한 능선 하나를 눈으로 어루만지고 총총 내려온다.

성읍의 서문을 통과하니 제주의 전통 초가가 나온다. 한쪽에선 초가의 지붕 '새'를 걷어내는 작업이 한창이다. 인부 한 분이 서까래까지 다 새로 고칠 예정이라고 말씀해 주신다. 돌담길의 골목골목을 다 누비지는 못했지만, 어디에서든 아쉬움은 남는 것이려니…. 대신 성읍에 있는 예쁜 카페 '초가헌'의 정낭(제주도 전통 가옥의 대문)을 넘어 제주 전통 기름떡과 청귤 에이드로 오늘의 여정을 마무리한다.

카페 초가헌

돌트멍으로 드는 보름(조천읍)/일주일 만에 아주 파란 제주의 하늘을 만나다

와흘리-함덕-이호테우해변

전봇대에 걸린 반사경 속에도 한 스푼 떠다 놓은 하늘이 있고, 온통 파란 천막 아래 놓인 듯한 오후의 와흘 마을은 나부끼는 빨래처럼 눈부시게 나른하면서 뽀송하다.

전혀 상업적인 시설이라고는 없을 것 같은 마을의 어느 돌담 안쪽에 '돌트멍으로 드는 보름(돌틈으로 들어오는 바람)'이란 카페가 있다. 과수원의 창고를 개조했다고 한다. 잔디 마당을 지나 정문으로 카페를 들어가서 곧바로 후문으로 나가면 또 안채 마당이 나오는데 내 이름 닮은 강아지 두 마리가 졸래졸래 나를 따라다닌다. 동물을 만지거나 가까이하는 데 서툰(사실은 무서운) 내가 강아지들을 피하면서도 예쁘다고 또 꼬리를 쫓아다니며 사진을 찍어 대는 모순적인 재미라니….

처음 마셔 보는 모링가 주스에 관해 궁금해하자, 카페 사장님이 친절한 설명과 함께 모링가 잎을 넣어 만든 비누도 선물로 주신다. 독특하고 정겹고 고마운 기억으로 남을 것이다.

그리고 함덕해변의 오후 다섯 시쯤의 하늘부터 시작해서 이호테우해변의 석양 무렵의 하늘은, 구름이 느리게 편을 갈랐다가, 목화밭처럼 대열을 정비하더니 속속 모여들어 저무는 해를 배웅하고는, 한바탕 각혈하는 바다 위를 뭉게뭉게 흩어지기 시작한다.

어두워져서 낙조로 물든 하늘의 팔색조 같은 변화를 볼 수 있는 행운을 놓치게 될까 봐 조마조마 달려왔던 발걸음이 이호테우해변의 모래사장에서 느긋하고 평화롭다.

돌하르방의 다채로움(조천읍)/하르방도 햇빛에 지쳤다

돌하르방 미술관

내가 그의 이름을 불러주기 전에는

그는 다만

하나의 몸짓에 지나지 않았다.

(중략)

너는 나에게 나는 너에게
잊혀지지 않는 하나의 눈짓이 되고 싶다.

김춘수 「꽃」

무생물에 의미를 부여해 놓고
그 앞에서 온갖 감정을 되돌려 받는데

사람 사이
이해 못 할 일도 없겠다 싶다.

느영 나영 천천히 걷다(남원읍)/햇볕 따가운 날은 숲으로 가자

하남리 머체왓 숲길

제주의 걷기 좋고 아름다운 3대 자연을 꼽으라면 올레길, 오름, 숲이 아닐까 한다. 물론 내 기준이다. 오늘은 남원읍에 있는 머체왓 숲길을 탐방하기로 한다.

머체왓 숲은 세 가지 탐방로가 있는데 그중에서 '소롱콧길'로 방향을 잡아본다. 입구를 들어서서 그리 크지 않은 나무 두 그루, 일명 느영 나영(너랑 나랑) 나무를 카메라에 담고 본격적으로 숲길을 걷는다. 나무들이 빽빽하고 공기가 맑으며 숲 향이 좋다는 것 외에, 특이하다고 할 만한 것은 없겠으나 그래도 꽤 재밌는 볼거리들이 심심찮게 눈에 띈다.

한 나무의 옹이에서 인위적으로 박아 놓은 듯한 가지가 튀어나와 있었고, 갑자기 너른 공터가 나타나는가 하면 숲 사이로 서중천 줄기인 건천에 마른 돌들이 눈부시고, 나무 사이에 매달아 놓은 그네도 보인다. 특히나 웅덩이에 비친 하늘과 산수국은 구석지에 숨어 있어도 눈길을 끄는 매력을 피할 수 없다.

그리고 "What a coincidence!" 숲속에서 잠깐 길동무가 되었던 사람들이 있는데 그중 한 명이 30년 전 같은 곳에서 근무했던 동료라니, 놀라움과 반가움이 이루 말할 수도 없다. 이래서 사람은 착하게 살아야 한단다.

절창으로 뻗은 편백나무 숲에서 잠시 길을 잃어도 좋았겠다.

송당리 풍림다방

사람과 자연, 조화의 아름다움(제주시)/흰 치마가 잘 어울렸던 날씨

용담-도두동 해안도로

동부 일대 5개의 읍(면) 투어를 끝내고, 오늘은 제주시 북부 쪽으로 숙소를 옮기는 날이다.

용담동에서 시작하여 도두동으로 이어지는 해안도로를 걷는 길에서는 섬마을 사람들이 자연에 기대고 순응하며 살았던 흔적들을 볼 수 있다. 풍수가 약한 곳에 액운을 막기 위해 세운 돌탑인 방사탑, 몰래물(모래가 있는 물; 사수리의 옛 지명) 마을에 있는 용천수 우물과 '흘캐물'이라는 공동목욕탕, 그리고 아마도 풍어나 좋은 날씨를 기원하며 치성을 드렸을 할망당 바위 등이 있다. 걷는 내내 습한 바람이 불어 끈적거렸으나 귀한 민속자료들을 보는 즐거움과 신기함이 불쾌지수도 잊게 했다.

도두동 무지개 해안도로는 사람들이 꽤 붐빈다. 갖가지 포즈를 취하며 사진을 찍는 사람, 캐리어를 끌고 가는 사람, 난간석에 앉아 바다를 조망하는 사람, 커플 의상을 차려입은 사람, 그리고 낚시하는 사람과 동상의 잘 어울리는 대비 등 사람과 자연의 조화로운 그림을 구경하는 일이 이렇게나 재밌는 일인지 몰랐다.

또한 노란 기생초와 마른풀들이 꼭 갓 난 강아지 꼬물거리는 것처럼 바람 부는 방향대로 이리저리 얼굴을 내맡기는 모습이 어찌나 귀엽고 사랑스럽던지 가슴이 간질간질해졌더랬다.

그리고 구좌읍을 떠나면서 마지막으로 들렀던 풍림다방에서의 브레붸(라떼)는 인생 커피가 될 것 같다. 혀에 두껍게 감기면서 진하고 깊은 맛이 오래도록 살아 있는.

함께 살아간다는 것의 거룩함(제주시)/맑음과 흐림의 중간

절물자연휴양림

제 근육의 힘으로 수평을 만들어 내는 젊음

누군가의 조력을 필요로 하는, 굵은 가지에 비해 부실한 몸통

명운을 다한 나무의 그루터기에서 움트는 신생新生의 식물

세상 행복했으면 좋겠는 묘목 같은 아이들

착착 늙어 숭고해진 수피樹皮

너도나도 이 거룩한 세상에서 함께 사는 거라고.

마을 길 걷는 재미(제주시)/돌트멍으로 석양이 들다

외도동, 연대 마을

제주도에서 두 번째 묵고 있는 숙소와 가까운 연대 마을 길을 걷다.

마을 길을 걷는다는 건 거의 언제나 확실한 재미를 보장받는 일이다.

- 말의 귀를 닮았다고 하여 이름이 '마이못'이라는, 해수와 담수가 섞이는 염습지
- TV 프로에서 보던 예쁜 원룸 건물
- 해녀복이 널려 있는 돌벽 집

- 조선 시대 연기를 피워 올려 적의 정세를 알리던 '조부연대'터
- 땅과 닿을 듯한 제주도의 전형적인 낮은 지붕의 집들
- 돌담 옆, 머리를 풀어 헤친 문주란꽃
- 돌트멍(돌틈)으로 드는 석양빛
- 제주도 어디서든 볼 수 있는 쓰레기(음식물, 재활용품 포함) 처리 시설 부스
- 능소화 찬란한 양옥
- 일몰 후 수평선에 출몰한 불빛
- 이춘옥고등어쌈밥집에서 혼자 다 먹은 고등어 묵은지 조림 2인분
- 내가 묵는 호텔의 밤 전경과 사슴 조형물

불콰해진 얼굴, 뭉클한 가슴을 가만히 추슬러 보는 어느 저녁이다.

나는 소시민(제주시)/장마 예보에도 끄떡 않는 하늘

김경숙 해바라기 농원

누구나 yes, 하는 아이들 중에서 no, 하는 아이 찾기

법칙을 준수하는 건 기본이지
그래야 마땅하고
그러나 또 돌발적인 행동을 하는 소수에 의해
새로움이 창조되기도 하지. 그것은

가끔 대단한 힘을 휘두르기도 하지만
어느 사회든 조용한 다수의 질서로 유지된다는 것을
믿는, 나는 어쩔 수 없는 소시민

그러나저러나 해바라기꽃들은 세상모르고 해맑기만 하네.

잠시 게을러져도 좋겠다(애월읍)/수평선의 경계가 확실해

한담해안 산책로, 구엄리 돌염전

입도 후 처음으로 수평선의 개념이 인지되었다. 하늘과 바다가 맞닿은 선까지 배를 타고 가 봤으면 좋겠다는, 중세 시대적 발상을 해 보기도 한다. 눈에 보이는 현상만 믿고 나아가다 낭패를 보는 미련스러운 짓은 하지 말아야겠지. 꼭 이런 아름다운 경관 앞에서 교장 선생님 훈화 같은 생각을 하는 건 또 뭔가.

암튼 거리를 가늠할 수 없는 저 너른 바다의 물빛을 보며 한담해안산책로를 놀멍 쉬멍 걷는다. 어제와 오늘은 친구 ㅇ숙이와 함께하는 시간이라 더욱 의미가 있다.

인파가 북적이는 곳을 지나 인적 드문 곳까지 걷다 보니 갯패랭이를 비롯한 여러 식물이 주체적으로 피어 흔들리고, 나무에서나 피는 줄 알았던 찔레꽃이 땅바닥 돌 틈 사이 여기저기서 흰 웃음을 웃고 있다.

약간 파손된 데크deck를 따라 계속 걷다 보니 폐가처럼 보이는 건물이 있다. 양어장이었던 건물로 녹슨 철 파이프가 외벽을 장식하는데 펌프로부터 물을 길어 올리던 송수관이었다고 한다. 해안도로를 따라 드라이브하다 보면 이런 모양의 건물을 자주 볼 수 있다. 지금은 양어장을 개조해서 LAZY-PUMP라는 카페를 운영 중이다. 펌프의 엔진은 멈췄으나 새로 단장을 마치고 태어난 카페의 붉은 조명 아래서 친구와 함께 마시는 뱅쇼는 시원하고 힙hip 한 맛으로 더위에 지쳐 짜증이 나려는 순간을 한 방에 날려 보낸다. 이곳에서는 잠시 게을러져도 좋겠다는 생각을 해 본다.

구엄리에는 거북이 등딱지처럼 생긴 돌 염전이 있다. 1950년대 이미 소금밭으로서의 기능을 잃었다고는 하나, 한때 마을 주민들의 생업 터전이었을 것이다. 의식주의 변천과, 생산 수단의 변화는 많은 옛것을 사라지게 했지만, 또 새로움에 적응하는 것이 삶의 흐름이려니 생각해 본다.

그래도 여전히 저기 지붕에 색을 입히며 세월을 덧대고 사는 사람들도 있는 법, 그나저나 제주에는 아직도 물허벅을 지는 여인들이 있으려나?

어느 넋이 꽃으로 피었나(애월읍)/덥다

항파두리 항몽유적지

항파두리 항몽 유적지는 13세기 말엽 원나라 침략에 맞서 김통정 장군이 삼별초 군의 잔여 부대를 이끌고 탐라에 들어와 끝까지 항거한 마지막 보루였던 곳이다.

우리나라 역사에 수없는 외세의 격침과 찬탈이 있었으나 그때마다 나라를 위해 드높은 기상과 자주 호국의 결의를 보여 주었던 조상들에게 겸허한 조의를 표하지 않을 수 없다. 내성의 남아 있는 주춧돌을 보고, 외성에 쌓았던 토성 위도 잠시 걸어 보고, 항파두리의 비밀정원이라고 하는 녹차밭에도 들어갔다가 나온다. 주변에 조성해 놓은 코스모스밭에 때 이른 꽃이 드문드문 피었다. 혹여 삼별초군의 어느 넋 하나, 한 많은 세월을 건너와 여기 꽃으로 피었을지도.

다소 숙연해진 마음을 안고, '밥먹자'라는 밥집에 들러 고사리육개장을 주문한다. 밥과 반찬은 직접 가져다 먹으라는데 음식을 남기지 말라는 뜻의 예쁜 표어들이 여러 군데 붙어 있는 것을 보고 가상한 마음이 들어 아주 싹싹 다 비운다. 기분이 좋다. 보기보다 맛도 훌륭하다.

마지막으로 찾은 '공산명월' 카페에서는 부끄러운 줄도 모르고 좀 엎드려 있었다. 급체력 방전, 그러나 곧 다시 씩씩해질 것이다.

카페 공산명월

다 만족할 수는 없어도(제주시, 애월읍)/밖은 덥고, 실내는 추운

남국사, 더럭분교

조용한 산사를 찾아 두어 시간 머물다 왔다.

측면에서 바라보는 일주문은 정면에서 바라볼 때와는 달리 불안정해 보이면서도 완벽한 균형감을 이룬다. 우리나라 건축법의 비기秘技라고 어느 책에선가 읽은 적이 있는 것 같다. 일주문을 들어서자 두 갈래 길이 나오는데, 나는 주저 없이 삼나무가 우거진 응달길로 들어선다. 나올 때는 양달길을 걸었으므로 가 보지 않은 길에 대한 미련은 없다.

어느 블로거의 포스팅에서 본, 법당 앞에 아주 큰 삼나무가 당간지주처럼 버티고 서 있는 사진을 흉내 내려고 별렀는데 나무 하나가 베어져 나가고 없다. 강풍에 쓰러졌거나 다른 피치 못할 사정이 있었으리라 짐작은 하지만 그래도 납작한 그루터기만 흉터처럼 남아 있는 것을 보니 뭔가 도둑맞은 느낌에 허탈감이 밀려온다. 그네에 앉아 애꿎은 하늘만 올려다보다 저기 주먹보다 큰 하귤 하나 따서 법당에 확 던져 버릴까 하는, 아주 어이없는 생각을 하며 혼자 웃어본다.

그리고 맹 선생님이 얘기해 준 더럭분교를 찾아가 봤는데 코로나 탓으로 교문이 굳게 잠겨 있다. 무지개색으로 칠한 건물의 본관과 책 읽는 소녀의 뒤태만 감상할 수밖에….

"덩덕쿵덕", 담장 밖까지 떼굴떼굴 굴러 나오는 아이들의 장구 장단 소리를 들으며, 나도 아쉬운 차바퀴를 굴려서 왔던 길을 돌아 나온다.

제주다운 풍경, 애월읍의 하가리 cafe '살롱 드 라방'에서 그나마 아쉬움을 채우다

안트레 들어강 바사 알주(한림읍)/땡볕이라도 좋아

돌마을 공원

타이틀이 '돌마을 공원'이어서 땡볕을 각오했는데 초록 숲이라니 이런 횡재가!

돌은 예상대로 각종 화산암에 동물이나 사람을 형상화하여 이름을 붙여 놓았고, 목석원과 비슷하게 〈돌이와 멩이〉라는 제목의 풀 스토리full story를 만들어 놓고 이야기의 흐름에 따라 알맞은 모양의 돌을 배치했다. (그 반대로 돌의 모양을 보고 이야기를 지어냈을 수도 있겠다.) 어쨌거나 돌마을 공원이니 돌이 핵심 주제일 텐데 나는 그보다 진기한 나무들에 더 정신이 팔렸다. 거의 혼미해질 지경이었다.

우선 입구에(사진 상단 가운데) 있는 나무는 선명하지 않지만, 설명을 좀 덧붙이자면 한 그루의 나무 몸통에 멀구슬, 천선과, 사철, 노박, 동백, 돈, 그리고 소나무, 이렇게 7가지의 나무들이 한데 어울려 자라고 있다. 한 나무에 다른 수종을 접붙일 수는 없다고 하니, 사람이 손댄 것이 아니라 자생하고 있다는 것이다.

그리고 그 아래, 동백나무는 한 뿌리에서 가는 줄기가 수십 개 뻗어 자라고 있고, 바위에 뿌리내린 천선과는 1년 내내 그 열매가 매달려 있다고 한다. 용암이 흐르다 굳은 암반에서는 음이온과 원적외선이 방출되어 흙 한 줌 없이도 소나무들이 이리저리 구부러지고 꼬인 채로 자라고 있다. 모두 다 그냥 말이 안 되는 이야기들을 벌건 대낮에 눈 뜨고 보고 있는 것이다.

그나저나 처음 들어갈 때 훅, 풍겨 오던 향의 주인인 치자꽃을 찾았다. 거의 다 떨어지고 몇 안 남은 꽃잎에 아직도 이런 치명적인 향이라니.

cafe 차귀놀

덧. '안트레 들어강 바사 알주'는 '안에 들어가 봐야 알지'의 제주 방언.

조망의 미(한경면)/걷기 좋은 날

수월봉, 당산봉 지질트레일

제주도는 보면 볼수록, 알면 알수록 그 속살까지 탐구하고 싶어진다. 아마도 오늘 본 수월봉 지질공원 덕분이리라.

수월봉('녹고물 오름'이라고도 한다)은 화산 활동으로 인하여 뚜렷하게 구분되는 층리가 발달하였고, 마치 거대한 책자를 뉘여 논 듯한 가로 형태의 암석층이 전체적으로 절벽을 이룬다. 화산체가 형성된 이후 18,000년의 세월이 흘렀으니 그 역사가 이 책자에 기록되어 있다면 그중 어느 한 페이지에선가 수월이와 녹고 남매의 애달픈 전설도 쓰여 있겠다는 생각을 해 본다. 그러면서 빼꼼 눈을 내놓고 빠른 옆걸음을 걷는 게를 쫓는다. 보호색을 띠어서 잘 보이지도 않는 것이 어찌나 귀여운지 말이다.

동북쪽에서 봤을 땐 일직선상에 놓여 있는 줄 알았던 차귀도와 와도가 동남쪽으로 이동할수록 앞서거니 뒤서거니 입체적인 형태를 보이기도 하고, 와도가 앵글 밖으로 사라졌다 나타나기도 한다. 이 사진을 따로따로 본다면 누가 같은 섬이라고 말하겠는가. 그리고 용고로를 기준으로 한쪽엔 마을이 형성되어 있고, 한쪽엔 고산 평야가 드넓게 펼쳐져 있는 풍경을 본다. 이 모두 멀리서 혹은 높은 곳에서만 조망할 수 있는 특권이리라.

어딜 가나 볼 수 있는 올레길 표식이 오늘따라 더욱 건강해 보이고 잡풀 사이 수줍은 해국의 미소가 더없이 아름답다.

자리돔구이 여섯 마리(대정읍)/섬을 보는 날은 맑았으면 좋겠다

강병대교회, 모슬포항

제주도 서남단의 순례를 시작한다. 오늘은 서귀포시 논짓물로에서 시작하여 예래포구, 대평포구를 경유하고 대정읍의 강병대교회를 돌아본 후 모슬포항으로 향하는 일정이다.

흔히 볼 수 있는 형제섬의 이미지는 대부분 사계 해안에서 찍은 사진들로 섬들이 매우 독립적이고 강인해 보이는 것이 특징이다. 그러나 예래 포구에서 보는 형제섬은 마치 송악산이라는 어미 곁에서 고단함을 누이는 송아지들처럼 순하고 여려 보인다. 대평 포구에서는 수월봉과는 또 다른 세로 형태의 주상절리 '박수(샘물)기정(절벽)'을 볼 수 있다. 파도 파도 계속 나오는 샘물 같은 제주의 경관이 그저 놀라울 뿐이다.

그리고 재밌는 교회 하나를 구경한다. 사람 이름으로 착각할 만한 '강병대'교회, 1952년 장도영 육군 준장이 건립했고, 강한 장병을 기른다는 뜻으로 강병대교회로 이름 지었다고 한다. 출입로를 들어서니 언덕 같은 너른 정원엔 사초과의 풀들과 칠변화가 흐드러지게 피어 바람에 흔들리고 있다. 건물 형태가 단순한 것이 간결하고 무심해 보여서 좋다. 내부로 들어가는 출입문은 굳게 닫혀 있었다.

모슬포항을 가는 도중 바다가 아닌 도로 쪽의 산방산을 본다. 정면에서 보면 특출난 위용을 자랑하는데, 옆구리에서 보니 어디서나 볼 수 있는 평범한 야산에 불과해 보인다. 모슬포항 또한 방파제와 등대, 배가 입·출항하는 모습 등 여느 항구와 특별히 다를 바 없다. 그러나 제주 최.남.단.에 위치한다는 것, 그리고 내가 지금 이곳에 존재하는 순간이 이미 유의미한 일,

그러한 기세로 부두식당에서 자리돔구이 여섯 마리를 남김없이 해치운다.

박무(안덕면)/비[雨]연기[煙氣]

사계 해안도로

언제나처럼 날씨에 상관없이 가고자 했던 곳을 찾아간다. 그러나 오늘의 궂은 날씨는 진정 아쉽다. 박무[薄霧, mist]가 낀 기상 상태로는 잘생긴 산방산도 바다의 형제섬도 뚜렷이 보기는 글렀기 때문이다. 그래도 희미한 시야를 뚫고 꿋꿋이 보고 싶은 것을 본다.

형제섬은 때로 위치가 바뀌기도 하고 셋이 되었다가 하나로 뭉쳐 보이기도 한다. 또한, 넉넉한 송악산의 품에 안기는가 싶더니 어느새 망망대해에서 고립무원이 되기도 한다. 산방산의 모습도 마찬가지다. 용머리 해안 자락까지 이어져 코끼리를 삼킨 보아뱀처럼 보이기도 하고, 누구도 범접할 수 없는 위풍당당한 면을 보이다가 측면에서 바라보면 어디서나 볼 수 있는 동네 산처럼 아주 친근하기가 이를 데 없는 모습이 되기도 한다. 아니다. 그들은 그 자리에 가만히 있을 뿐인데, 바라보는 거리와 방향에 따라 내 시각이 달라지는 것이다. 한 가지 사물이 다각적인 형태의 변화를 보이는 포인트를 찾을 때마다 신이 났던 만큼, 실생활에서도 그런 안목을 키워야 할 것이다. 고루하지만 필요한 자각이다.

지난 6월 22일 머체왓 숲길에서 우연偶然히 만났던 친구의 한 선배가 400m 고지에서 홀로 산중살이를 하신다는 곳에 초대되어 점심을 먹었다. 1인용 주물팬에 구운 고기와 새송이버섯, 냉면과 야생채소, 와인 섞은 막걸리, 그리고 삶과 가치에 대한 담소…,

우연雨煙이 피어오르는 산간 어디쯤에서 가졌던 이 짧은 행운과 행복 또한 제주에서의 막강한 기억으로 남게 되겠지. 귤나무를 보호하는 저 방풍림처럼 내 사소한 스트레스를 막아 주는.

아무튼, 몰랐다(서귀포시)/하늘과 바다색이 같아

올레시장, 서점 '인터뷰'

제주도에서의 마지막 일정이 될지도 모를 오늘, 한 달이라는 시간 동안 후회가 없을 만큼 알차게 보냈다는 생각이 들지만 조금 더 머물고 싶은 미련이 남기도 하는 마음을 안고 올레시장으로 향한다.

서귀포 올레 시장은 평일이라 그런지 사람들이 많지 않다. 상인들은 모든 준비를 마치고 손님들을 기다리는데 오메기떡 파는 곳에만 사람들이 조금 붐빌 뿐, 상점마다 휑한 것을 보니 사진을 찍는 손이 조금 민망하다. 양손 가득 물건을 살 일이 있으면 좋겠지만, 그럴 일이 없으니 '전복 계란말이 김밥'이나 한 상자 사서 중앙 통로에 설치해 놓은 의자에 앉아 띄엄띄엄 오가는 사람들을 구경하며 시장기를 채우는 수밖에 없다.

그리고 또 하나의 작은 책방 '인터뷰'에 간다. 부끄럽지만 솔직한 에피소드를 하나 말해야겠다. 책방에『아무튼, ○○』시리즈가 십여 권 이상 큐레이팅 되어 있는 것이 흥미로워 그중『아무튼, 비건』을 골라 든다. 나는 비건을 '시작한다'의 영어 단어 begin의 과거분사 형태인 begun으로 생각했고, "아무튼, 시작하고 봤다."라고 내 맘대로 해석한 엉터리 뜻을 굳게 믿었다. 그러나 아뿔싸, 비건vegan이란 벌이 만든 꿀도 안 먹는 완벽한 채식주의자를 뜻하는 단어라고 한다. 어쩐지 책 내용이 지구를 위해서라도 모두 채식을 해야 한다고 첫 페이지부터 간곡한 설득체로 시작을 하더라니. 그만 책장을 덮고야 만다. 다 읽고도 실천하지 못하면 어쩌나 하는, 양심이란 것에 미리부터 찔렸다고 할까. 어쩌면 내가 생각했던 방향과는 전혀 다른 책의 내용이 당황스럽기도 하고 스스로 창피하기도 했던 게 사실이지 싶다.

마지막으로 해안도로를 따라 실컷 드라이브한다. 색깔은 같아 보이지만 하늘과 바다를 명확히 구분 짓는 수평선의 단호한 아름다움을 보면서, 차귀도의 푸른 냄새가 배어 있을 것이 분명한 자구내 포구의 오징어 한 마리 걸어 오고 싶다는 충동을 느끼면서.

출도出島, 마지막 이틀/물놀이하기 좋은 날

논짓물로

귤 익어 가는 서귀포에서의 마지막 이틀에 대한 기록

원앙 폭포수 떨어지는 웅덩이에 풍덩 뛰어들고 싶었으나 아서라 물빛 깨질라, 한 달 동안 있으면서 한라산 뷰를 온전히 처음 봤다는 거, (지금껏 볼 생각을 못 했다) 담수가 바다로 쏟아지는 천연 풀pool인 논짓물에서 물놀이를 했다는 거, 그곳에서 눈먼 문어 한 마리 잡아서 소주와 함께 라면 수프에 찍어 먹었다는 거, 두 번이나 저녁을 먹었던 식당(돔벵이)이 현○이 오빠네 집이라는 거, 현○이 올케 언니로부터 12,000원짜리 김치찌개에 전복과 딱새우장, 갈치구이까지 곁들인 만찬을 제공받았다는 거, 귤 익어 가는 '머물다 펜션'(묵었던 숙소) 주변의 산책로와 앞바다에 안녕의 인사를 건네는데 남단인 이곳까지 비스듬히 번져오는 노을에 아직 더 많은 제주의 이야기들로 물들이고픈 욕망이 생긴다는 거.

그러나 오늘로써 일단 '섬' 여행의 마침표를 찍는다는 거.

7번 국도

(2021년 10~11월)

7번 국도, 드디어 장도長途에 오르다(부산 중구)

남포역 일대

대한민국의 등뼈, 7번 국도를 여행하기 위해 기점起點인 부산을 가는 도중에 선산휴게

소에서 경쟁하듯 찬란하게 단풍이 든 나무들을 보며 미리부터 설렘이 가동된다.

자, 드디어 남포역에서부터 여행의 장도에 오른다.

남포역을 기준으로 서쪽에 위치한 자갈치 시장을 가는 길에는 한때는 영화를 누렸을지 모르나 지금은 셔터가 굳게 닫힌 상사와 상회들만 즐비하다. 그나마 수협자갈치위판장 안에서 조기를 선별하는 작업이 분주히 이루어지고, 그 앞에서는 버스킹을 하는 분의 서툰 듯 흥겨운 곡조가 인적 드문 거리의 애수를 달래 준다.

자갈치역을 빠져나와 반대편 거리에 이르자 완전히 딴 세상이다. 여러 종류의 세련된 가게들과 길거리 점포에는 인파로 북적인다. 광복로패션거리 가판대에서 조거 바지 하나를 구입하고, 지상에서 꼭대기까지 연결된 에스컬레이터를 타고 용두산 공원에 오른다. 예전에는 용두산을 오르는 계단이 연인들의 약속 장소로 많이 애용되었다는데 현대의 물결을 타고 계단도 전력의 힘을 빌리니 이 나이에 처음 용두산을 찾은 나로서는 낭만보다 먼저 고마운 생각이 든다. 세월이 무색한 것이 서러울 법도 하지만 괜찮다.

시작이 반이라 했으니 오늘처럼만 용기를 갖고 끝까지 무탈하게 잘 마무리되길 빌어본다.

책보다 밥(부산 중구)

보수동책방골목, 깡통, 국제시장

저녁나절에 5년 전에 와 봤던 보수동 책방 골목을 찾는다. “내려갈 때 보았네. 올라갈 때 보지 못한 그 꽃"(고은, 「그 꽃」, 全文)이라는 시처럼, 그때 보지 못했던 풍경을 눈에 담는다.

보수동 책방 골목은 1950년에 책방이 하나, 둘 생기기 시작해서 교과서를 무상으로 배급하기 이전, 헌책을 구입하려는 사람들로 활발하게 상권이 형성되었던 곳이고, 지금도 우리나라 최다의 서점이 밀집되어 있는 곳이기도 하다. 골목을 지나다 『Iceberg Is Melting』이라는 책이 눈에 띄어 샀다.

오늘도 역시 책방 내부까지 들어가 꼼꼼히 살피지 못하고 주마간산으로 대충 훑고 지나친 것이 좀 아쉽기는 하다. 어쩌면 여행의 맹점이기도 하겠다. 자주 오기는 힘든 부산을 왔으니 여기저기 가 보고 싶은 곳이 많았기 때문이라는 변명을 늘어놓으며.

책방 골목과 가까운 자갈치시장의 '할매집'에서 단돈 6,000원짜리 고등어 정식을 먹은 후, 깡통시장, 국제시장을 돌면서 말로만 듣던 씨앗 호떡을 또 사 먹는 것으로 아쉬움을 달래 본다.

액자 속 그림 같은(부산 영도구)

흰여울 마을

그림 속의 주인공이 되어 꿈같은 몇 시간을 보낸다.

어느 방향을 향해 셔터를 눌러도 그냥 하나의 그림이 되는 곳.

어디를 걸어도 어느 곳에 기대서거나 앉아도 사람이 있거나 없거나 간에 한 컷 한 컷 모두 액자 속의 이야기가 되어 바다로 흘러드는 곳.

그리하여 주민과 관광객과 심지어 동물들의 삶까지 한데 어우러져 물결 따라 유영하는 곳.

배들의 묘박지[錨泊地]인 남외항의 해안가를 따라 난 절영해안산책로와 비스듬하고 높은 축대 위에 형성된 좁은 마을 길이 위, 아래 사이좋게 나란한 곳.

오늘은 날씨도 투명하고 맑아서 숨겨 둔 마음이 있다면 들키기 딱 좋은 날일지도 모르겠다. 마을 이름마저 '흰여울'이 아니던가.

물고기도 놀고, 나도 놀고(부산 금정구)

범어사

신라 의상대사가 창건한 천년 고찰의 범어사, 아무리 애를 써도 핸드폰 카메라로 절의 가람 배치를 다 담아낼 수는 없었지만, 사찰 본연의 격과 아름다움에다가 바야흐로 가을이니만큼 그 조화롭고 꽉 찬 풍광을 구경하느라 부산스럽게 경내·외 구석구석을 누비고 다닌 하루였다.

대웅전에 가기 위해서는 일주문→천왕문→불이문→보제루를 차례로 통과해야 하는데 각각의 건축물 양식은 다르나 하나같이 엄숙하고 경건하다. 지장전의 단청은 낡아서 오히려 돋보이고, 나한전의 단청은 미선나무꽃 색깔을 닮아 부드러운 느낌을 주는가 하면, 비로전 앞의 키 낮은 당간지주와 보물 제250호인 삼층석탑은 그윽하고 고요하다. 사물四物이 갖추어져 있는 종루의 날아오를 듯 미끄러지는 팔작지붕과 정연하고 가지런한 대웅전의 지붕은 마음의 결을 정돈시켜 주는 듯하다.

또 하나 이곳에서 놓칠 수 없는 희귀 풍경으로, 휴휴정사를 지나 금정산성 북문으로 가는 숲길에 바위들이 지천으로 널려 있는 것을 볼 수 있는데 무려 폭이 70m, 길이가 2,500m에 달한다고 한다. 이름하여 '돌바다'다. 절대 풍랑이라곤 일지 않을.

『동국여지승람』에 의하면, 이 산의 꼭대기에 가뭄이 와도 마르지 않는, 금빛을 띤 우물이 있는데 하늘에서 내려온 물고기가 그 물 안에서 놀았다고 한다. 그리하여 지어진 이름의 금정산金井山, 범어사梵魚寺에서의 하루는 앞으로도 내게 수많은 날의 양식이 되고 남음이 있을 듯하다.

불시착(울산 남구)

문수월드컵경기장, 옥동저수지

어제 부산에서 하룻밤 경유했던 곳이 동래구 온천장 주변이었다. 야식을 좀 먹어 볼까 하고 거리를 어슬렁거리다가 1층을 제외한 층마다 각각 노래방이 입점해 있는 건물을 보았는데 COVID-19로 꽁꽁 묶여 있던 유흥 시설이 마침내 'with corona'로 시간제한이 해제된 것을 기념하는 축포라도 터트린 듯 휘황찬란했다. 비록 나는 즐기지 못하지만(아직 '혼자'라는 금기를 깨지 못한 것이 있다면 혼자 노래방에 들어가서 노래 부르기다.) 모두 건강하고 즐거운 여흥의 시간이 되기를 바라는 마음이었다. 진심이다.

오늘은 두 번째 도시인 울산의 옥동 저수지를 향해 출발한다. 내비게이션 안내 음성은 목적지에 도착했음을 알리는데 나는 도로 한가운데에 있다. 적잖이 당황스러웠지만, 침착하게 오른쪽으로 난 도로로 들어서니 반갑게도 어마어마하게 넓은 주차장이 보여 무조건 진입을 하고 본다.

문수월드컵경기장에 불시착을 한 것이다. 떡 본 김에 제사 지낸다고 거대한 월드컵경기장을 구경하는 맛도 좋았다. 청청한 소나무와 엽록소가 빠져나간 느티나무 잎의 대비도 좋았고, 아직 시들지 않은 꽃들을 담고 있는 축구공 무늬의 화분들이 도열하고 있는 모습도 멋졌다. 부정이 긍정으로 탈바꿈된 시간, 인간사 새옹지마塞翁之馬라는 고사성어가 생각났다.

그리고 알고 보니 경기장 아래가 바로 내가 가고자 했던 옥동 저수지였다. 저수지가 길쭉해서 이 끝과 저 끝이 한눈에 들어오지도 않고 특별히 아름다운 경관도 아닌 것이 마땅히 놀거리가 있는 것도 아니었다. 그런데 왜 나는 기회가 있을 때마다 저수지를 찾는 건지 도대체 밑바닥에 깔린 심리가 무엇인지 이제 와 생각하니 스스로도 참 궁금해진다.

그럼에도 부산의 바다와는 또 달리 보일 듯 말 듯 미세한 물살을 일으키는 진초록 물빛을 배경 삼아 셀카 놀이 삼매경에 빠져 있었던 시간만큼은 참 소중하고 평화로웠다.

오래도록 머물다(경주시)

불국사

경주에 사는 언니 집에 이틀 동안 머물면서 온전히 하루를 쉬고, 하루는 불국사를 다녀온다. 불국사는 1300여 년이라는 유구한 역사와 함께 명실공히 유네스코 세계문화유산으로 지정되었고, 다보탑을 비롯한 7개의 국보와 가구식 석축 등 5개의 보물이 있는, 더 이상 말이 필요 없는 대한민국 대표사찰이다.

초등학교(그때는 국민학교였다.) 6학년 때 불국사에 관한, 3~4페이지에 달하는 글을 강제로 외웠는데 그때 읽었던 정교하고 수려한 문장들이 지금도 술술 기억나면 얼마나 좋을까 하는 생각을 해 본다. 아쉽게도 그러지는 못하지만 내가 초등학생이었을 때나, 교사로서 아이들을 인솔했을 때처럼 대강 훑고만 다니는 것이 아니라 시간에 구애받지 않고 여기저기 들여다볼 수 있는, 혼자 자유로운 지금 순간이 완벽하게 행복하다.

불국사의 어느 것 하나 아름답지 않고 귀하지 않은 것이 없지만 특히나 가구식 석축(돌기둥으로 상자 형태의 틀을 만들고 안쪽에 자연석을 채워 만듦.)으로 쌓은 외벽은 단단하고 굳건해 보이는 것이 불국사 전체의 건물을 안정적으로 떠받치는 기초가 아닐까 싶다. 내 생을 떠받치어 나아가도록 하는 힘은 무엇이며 어디에서 생성될까. 나 자신으로부터 기인하는 것일까 외부로부터 얻는 것일까 잠시 생각에 잠겨 본다. 그 밖에도 대웅전의 여러 무늬의 문살들과 댓돌 위 털신 한 켤레에선 어느 절에서나 그렇듯 왠지 모를 위로를 받게 된다. 극락전 현판 뒤에 숨은 돼지 목각과 똑같은 모양의 황금 돼지상은 어떤 의미와 상관없이 그냥 재밌고, 어깨도 가슴도 당당하고 너그러워 보이는 극락전의 아미타여래좌상에게 이 중생도 나중에 극락왕생할 수 있게 해 달라고 슬쩍 빌면서 조용조용 오래도록 경내에 머물렀다.

오늘따라 적적한(포항시)

죽도시장

포항에 도착하여 숙소에 여장을 풀고 거리를 나섰는데 차들과 사람들의 왕래가 거의 없어서 그런지 낯선 도시에서의 적적함이 훅 밀려온다.

20여 분 걷다 보니 경북 동해안의 최대 크기라는 죽도시장 앞, 카메라 앵글에 다 들어오지 않을 정도로 폭이 넓은 횡단보도 위에 사람들이 제법 많다. 일면식도 없는 사람들이지만 왠지 모르게 반가웠다.

죽도시장은 농산물, 의류, 젓갈류 등, 모두 25개의 구역이 있는데 모두 다 탐방할 수는 없고 발길 닿는 대로 이리저리 기웃거리다 운 좋게 어시장 구역을 들어서게 된다. 큰 물고기가 있어 고래냐고 물었더니 개복치라고 한다. 개복치는 미미한 외부 자극에도 곧잘 폐사한다는 소리를 들은지라 심성이 좀 연약한 친구한테 개복치 멘탈mental이라고 놀려 댔던 게 생각이 나면서 갑자기 시큰해진다. 같이 봤더라면….

사방이 트여 오가는 객들을 훤히 볼 수 있는 식당에 앉아서 과감하게 박달게 한 마리를 다 발라먹고 매운탕에 게딱지 비빔밥도 뚝딱 해치운다. 게를 찔 때 새어 나오는 칙칙거리는 소리가 씩씩하게 들리고, 하얗게 피어올라 사물을 가리는 수증기는 오늘따라 이래저래 자꾸 쓸쓸해지는 이 여행객의 우수를 덮어 주고 달래 주는 듯하다.

징크스 and 머피의 법칙, although(포항시)

이가리닻 전망대

이가리**닻** 전망대에서 일출을 보고 싶었다. 그런데 정말 이상하게도 산행이나 장거리 걷기를 하기 위해 새벽에 일어나야 하는 날은 꼭 잠을 설친다. 지난밤도 여지없이 그랬다. 무리해서라도 출발하면 일출이야 볼 수 있겠지만 몽롱한 상태로 운전하다가는 위험한 일이 일어날 수도 있겠다 싶어서 그만 포기하기로 한다.

느지막이 이가리닻 전망대로 향한다. 그런데 불면이라는 징크스도 모자라 몇 번의 해프닝을 겪는다. 1 주차장이 만차여서 2 주차장으로 가니 그 넓은 주차장이 텅 비어 있다. 그러니까 1 주차장에는 꼴찌 도착이어도 2 주차장만큼은 일등으로 들어가는 셈이 된다. 전망대까지 500m 정도를 걸어야 하는 일이 오히려 기분 좋아지려는 순간, 잔돌이 깔린 시멘트 길에서 미끄러져 엉덩방아를 찧고, 조망 좋은 곳에서 사진을 찍고 돌아서다 시멘트 포장이 파손돼 구멍이 생긴 땅바닥을 헛디뎌 또다시 나동그라진다. 다행히 다치지는 않았지만, 이 무슨 머피의 법칙도 아니고 말인지.

그래도 바다에 다다르니 좋다. 여명의 시간 때가 아닌 전망대는 그저 그런 하나의 구조물에 불과하지만, 전망대와 거북바위를 비롯한 갖가지 암석을 품고 있는 바다는 가없이 넉넉하다. 능선이 비스듬히 내달리다 해안선과 만나는 곳은 어디에서든(몇 번이나 마주쳤다.) 손을 꼭 잡고 계신 두 어르신의 가까운 거리처럼 정답다.

그리고 뭐니 뭐니 해도 이 모든 풍경의 화룡점정은 위쪽의 전망대 데크[deck]에 있는 빨간색 고깔 지붕과 아래쪽 해안가에 있는 어린아이의 빨간색 점퍼다. 소위 깔 맞춤인, 그렇게 억지로 맞추려고 해도 어려울 만한 그림이 한 프레임 안에 그려진 것이다.

조화로움이란 언제나 아름다운 법이다.

카페 loveblanc

건달 마을(영덕군)

영해면 대진3리 건달 마을

건달 마을은 아버지의 고향으로 청장년 시절에는 일본, 강원도 등지에서 사시다가 말

년에 다시 이곳을 찾아 1999년 돌아가실 때까지 6년 정도 사셨던 곳이다.

그러니까 내가 이 마을을 왕래했던 시기는 지금부터 27년 전이 된다. 그 당시 엄마 아버지가 사셨던 집터는 현재 대나무만 무성하게 자라고 있고, 그 바로 아랫집에 사는 사촌 오빠는 집을 새로 지었고, 수산물 창고도 크게 지었다. 그때는 없었던 방파제가 마을 앞바다에 축조되었다. 거의 대문 앞까지 바닷물이 들어오는 작은 부두는 1997~1998년 선풍적인 인기를 끌었던 드라마 〈그대 그리고 나〉의 촬영지기도 하다.

부모님께서는 동네 주민들에게 배분되는 바다의 바위에서 채취한 돌미역을 정성스레 말려 한 올씩 주시곤 하셨는데, 지금은 제철이 아니라 그런지 미역 말리는 풍경도 없고 오징어를 건조하는 작대기에도 주산물 대신 다른 물고기들만 바람에 꾸덕꾸덕 마르고 있다. 마을 한가운데는 제단인 큰 바위가 버티고 있다. 지금까지 마을을 무탈하게 잘 지켜 주었겠지만, 앞으로도 영험한 기운으로 동네의 지주支柱가 되어 주기를 남 같지 않은 마음으로 빌어 본다.

사실은 부모님에 대한 그리움이랄까 불효함에 대한 회한이랄까, 가슴 저변에 낮은 기압으로 흐르는 감정 따라 기분이 자꾸 축축해진다.

엄마 아버지 산소에 가면 좀 나아질까. 그랬으면 좋겠다.

어쩌다 행운(영덕군)

괴시 마을

괴시 마을은 건달 마을에서 3km 정도의 아주 가까운 거린데도 지나면서 늘 멋지다는 생각만 했지 들러 볼 생각은 못 했다. 엄마 아버지가 살아 계실 때나 지금이나 잠깐씩 머물다 가는 길에 마음의 여유가 없었던 탓이리라. 인제 와서야 작정하고 '괴시 마을'을 골골샅샅 찬찬히 누비고 다녀 본다.

마을은 멀리서 보는 것과 똑같이 고풍스러움과 함께 정갈하고 부지런한 생활의 면면

이 드러나 보인다. 고려 시대의 대학자였던 목은 이색 선생의 탄생지고, 지금은 영양 남씨의 집성촌이라고 한다. 마당에 항아리들이 질서정연하고 화단도 깨끗하게 가꾸어져 있는 집의 대문을 흘끔거리다 마루에 앉아 계신 어르신과 눈이 마주치기도 한다. 익숙한 듯 고개를 끄덕이신다.

집채가 크고 위풍당당한 '천전댁'의 풍경 소리에 이끌려 처마 밑에서 서성거리다가 담을 돌아가려는데 마침 대문이 열리고 안으로 들어갈 수 있는 행운이 주어진다. 수제 차를 판매하는 곳이었다. 이 마을 대개의 집들이 ㅁ자형이라고 안내판에서 봤는데 과연 안채, 사랑채, 중문간채의 지붕이 맞닿아 있는 것이 보인다. 중문에서 보이는 네모난 하늘이 사랑스럽다.

운 좋게도 한지를 바른 격자무늬 창이 있는 작은 방에서 문을 열어 놓고 따뜻한 차를 마시며 추녀에서 떨어지는 빗줄기를 감상한다. 문만 열면 바로 마당으로 떨어지는 비를 볼 수 있는 집에서 살고 싶다는 꿈은 요원하지만, 이런 행운을 누릴 수 있는 오늘이 그저 감사할 따름이다.

자세히 보아야 보인다(울진군)

죽변 스카이레일

해풍 맞고 자란 쌀 한 자루와 말린 미역에 구운 오징어, 찰떡 등 사촌 올케언니가 바리 바리 싸 준 먹거리를 정이 넘치도록 싣고, 건달 마을을 떠나 비가 오락가락하는 길을 달려 울진군 죽변항에 도착한다.

스카이레일을 혼자 타는 게 좀 열없기는 했지만 혼자가 워낙 익숙한지라 망설임 없이 탑승한다. 죽변항에서 봉수항까지 왕복 1시간여, 바다 위의 레일을 따라 산굽이를 돌고 출발 지점으로 돌아왔지만 까무러칠 만한 경치는 없었다. 한 가지, 무심코 지나치다가는 놓치기라도 할 새라 머리를 내밀 듯이 창에 붙어서 하트 해변을 본 것 외에는. 하트 모양은 언제나 달달하고 뜨거운 법이거든.

그래도 하트 해변과 함께 흐린 바다를 우물처럼 뚫고 나타난 파란 하늘 몇 평, 울렁울렁한 바다 위에 얌전히 내려앉은 갈매기, 휘어질 듯 구부러진 선로와 선로 위의 고독한 스태프staff, 이들을 떠받치는 청회색 바다, 그리고 사촌 올케언니와 나.

이 모두는 오늘 하루치의 페이지에 실려 오래된 가문의 문장처럼 내 가슴에 새겨질 것이다.

이 한 장의 사진(동해시)

추암 촛대바위, 해암정

어제와는 달리 별 기대가 없던 곳이다. 예전에 와 본 적이 있으나 기억이 다 뭉개지고 삐죽 솟아 있는 촛대바위 이미지만 흐리게 남아 있기 때문이다. 그 당시 아무 생각이 없었거나 기억 장치의 심각한 오류일 것이다. 이렇게나 날이 명확하게 선 풍광을 또 어디서 볼 수 있다고.

소나무 사이로 보이는 저 야무지고 기품 있는 집은 '해암정'이다. 1361년 고려 공민왕 때 심동로가 지었다고 한다. 단칸 마루로 사방 문이 있는 정자인데 현판은 차례대로 심지황(해암정, 전서체), 송시열(해암정, 해서체), 정철(석총람, 초서체)의 필체다. 당대의 명필들을 한곳에서 한꺼번에 접할 수 있다니, 이 세 개의 편액과 기둥 위의 공포가 청청한 소나무보다도 우직해 보임은 나만의 느낌일는지.

촛대바위와 함께 바위 숲을 이루고 있는 주변 절경은 가히 한국의 '석림: 바위 숲(중국의 세계자연유산)'이라 일컬을 만하다. 한명회는 '추암: 송곳바위'이라는 이름을 못마땅히 여겨 마치 바위들이 파도 위를 걷는 것 같은, 미인의 아름다운 걸음걸이에 빗대 능파대(인근 하천과 파랑에 의해 운반된 모래가 쌓여 육지와 연결된 육계도 및 촛대바위와 같은 암석 기둥들을 포함한 지역을 총칭한다.)라는 이름을 새로 지었다고 한다. 삶이 헤져서 수선이 혹은 치유가 몹시 필요할 때, '능파대'라는 현판이 걸린 정자에 와서 해맞이를 해 봐야겠다는 간곡한 생각 하나 품어 본다.

출렁다리 쪽에서 바라본 능파대의 전경全景을 보면서 수학의 미적분에서 논리와 추론을 배우듯이 이 한 장의 사진을 통해 삶의 통찰력을 배울 수도 있겠다고 생각한다면 지나친 비약일까.

완벽하게 고독한(강릉시)

안목해변

부산 남포역에서부터 13일째, 7번 국도를 따라 시와 군의 경계를 넘으며 점점이 매듭을 묶고 풀기를 반복하면서 여기까지 가열하게 달려왔다. 잠시 긴장의 단추 하나를 풀기로 한다.

커피 거리로 잘 알려진 강릉 안목해변, 산란하는 빛이 하늘과 구름, 바다와 포말, 그리고 모래사장의 색깔을 극적으로 대비시켜 놓았다.

칼로 자른 듯이 융통성 없는 수평선과 모래사장에 닿자마자 부드럽게 부서지는 포말의 곡선이 한데 어울리는 장면과 입체적인 생명체들과 그림 같은 사물들을 아무 생각 없이 멍하게 바라보고 있는 이 시간이 좋다. 아주 평화롭다. 쉭쉭거리는 바람 소리야 사납든 말든.

> 푸른 모래밭에 자빠져서 나는 물개와 같이 완전히 외롭다. 이마를 어루만지는 찬 달빛의 은혜조차 오히려 화가 난다.
>
> 김기림, 「제물포 풍경」 일부

아, 완벽하게 고독한 지금.

내가 좋아하는 11월의 11일

민가 구경의 재미(강릉시)

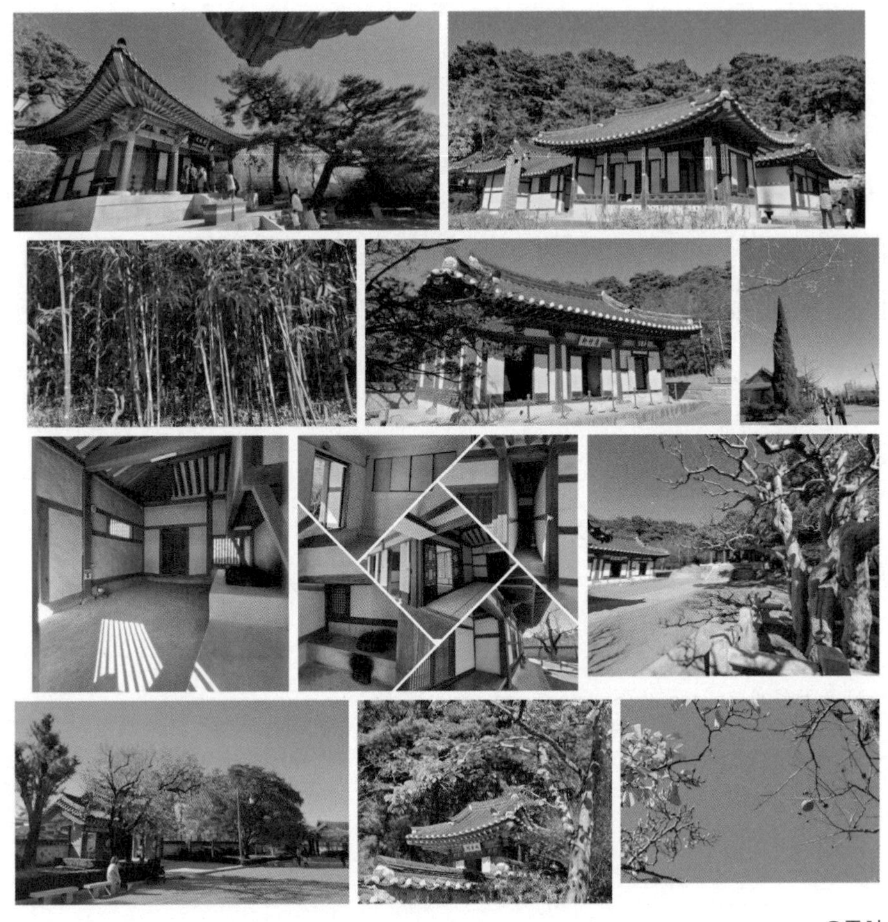

오죽헌

오죽헌에서는 역사적인 의미나 문화재로서의 가치, 그리고 너무나도 유명한 신사임당과 율곡이라는 인물의 생애와 업적을 다 떠나서 그저 단순한 민가 하나를 해체하듯 요모

조모 구경하며 다닌다.

집 구경이 이렇게 재미있다니. 우리나라 가옥 중 가장 오래되었다는 오죽헌 몽룡실 앞마당의 배롱나무와 뒤곁의 매화나무는 율곡이 나고 자라는 모습을 지켜보았을 만큼 오래된 노목인데, 수령 600년을 넘긴 지금도 전신이 꼿꼿하다.

사랑채에서는 방, 방마다 활짝 열어젖힌 문 안으로 보이는 벽장에 잘 말린 곶감이라도 한두 개 있으면 좋겠다는 동화적인 상상을 해 보고, 안채의 널찍한 대청마루에서는 슬쩍 누워 보고 싶은 욕구가 발동한다. 정짓간에서는 그늘진 곳의 문살을 통해 비치는 볕의 무늬가 아름답기도 하거니와 잠시 머물다 사라지고 말 밝은 기운을 붙잡고 싶은 마음에 카메라 앵글 안으로 볕뉘를 가두어 본다.

오늘은 날씨가 어찌나 좋은지 달을 닮은 까치밥 하나 매달린 감나무와 또 다른 색색의 나무들 뒤로 손톱만 가져다 대어도 찢어질 듯 아찔한 푸른 하늘에 현기증이 일 지경이다.

휴식과 마력의 구간(속초시)

게스트하우스 '휘테'

여행하는 기간 내내 숙소는 그다지 염두에 두지 않았다. 그냥 깨끗하고 불편하지 않으면 그만이라는 생각이 전부였다.

그러나 속초에서 머문 게스트하우스 '휘테'는 모래밭에서 우연히 발견한 진주 같은 곳이다. 여행 14일째라는 말이 무색하게 새삼 들떠서 숙소의 안팎을 살펴보니 간결한 실내 공간의 설계와 그림 액자처럼 보이는 창문 등 구석구석 젊은 남자 호스트의 감각이 돋보인다. 또한 '백수씨 심야식당' 같은 SNS로 알려진 주변 골목 풍경이 호텔과는 다른 2% 부족한 편의성마저 낭만이라는 감성으로 대체하게 만든다. 이런 게 바로 여행의 마력이지, 암.

또 하나 잊지 못할 포인트는 바로 조식이다. 구운 식빵에 계란 프라이와 치즈, 잼을 넣어 만든 토스트와 주스 한 잔, 맛의 비밀 병기는 파삭하게 구운 빵의 식감과 계란 노른자의 익힘 정도랄까? 토스트가 먹고 싶어서 이곳을 일부러 찾아와서 묵은 투숙객도 있었다. 진짜다.

무생물에도 온기가(속초시)

돌담 마을

돌담 마을은 재밌게 봤던 드라마 〈싸이코지만 괜찮아〉를 촬영한 곳이기도 하고, 기억

나지는 않지만, 어떤 TV 프로그램에 소개된 마을이기도 해서 점찍어 둔 곳이다.

500년의 역사가 있는 마을로 원래는 한옥 마을이었으나 최근에 문화 마을로 조성되면서 돌담 마을로 거듭났다고 한다. 집집마다 돌을 이용하여 만든 갖가지 재밌는 형상들을 꾸며 놓았다. 모두에게 말을 건네 본다. 그중에서 저 빨간 무당벌레들은 높디높은 담장을 어찌 다 기어오를 건지 귀엽기도 하고 애틋한 마음이 들기도 한다.

마을 뒤편에는 학무정이라는 정자가 있는데 모양이 보기 드문 육각 형태다. 기둥 사이로 보이는 소나무들의 늘씬하고 건강한 육체미에 슬쩍 눈길을 준다. 그리고 빨간 지붕 집 담장 안쪽의 빨래 건조대에 주렴처럼 매달린 왕대봉 곶감을 그냥 지나칠 수가 없어서 화단을 만드느라 두어 장 쌓아 놓은 시멘트 블록에 기어이 올라가 사진을 한 컷 훔치기도 한다.

무생물이지만 온기가 느껴지는 그들에게 감정을 이입한 채 골목을 누비며 다정했던 하루다.

거진 가는 길(속초시-고성군)

울산바위, 청간정해변, 반암솔숲해변

피사체와

적당한 거리

그리고 날씨가

빚어 낸

치명적이고도

몽환적인

구도,

未時 무렵

기억 따라 걷는 길(고성군)

거진읍

7번 국도의 끝자락 내 고향, 거진에 오면 할 말이 차고 넘칠 것 같았는데 막상 말을 하려니 간헐적인 기억들만 산재하다. 그래도 태어나고 자란 기간 12년 5개월의 영·유소년기 시절, 나의 정서적인 바탕이 이루어진 곳임은 분명하지 않을까 싶다.

거진이라는 단어를 떠올리면 가장 먼저 생각나는 단어는 언제나 햇빛이다. 아버지 점심 도시락 심부름을 할 때, 그 멀게만 느껴지는 신작로의 잔돌 위로 무심하게 쏟아지던 햇빛, 언덕 높은 곳에 있던 구호주택(사진 왼쪽 첫 번째- 어느 해던가 태풍 수해를 입어 나라에서 지어 준 마을의 주택 이름)에서 교회로 가는 마을 길 따라 군데군데 피어 있던 칸나의 붉고 무질서한 꽃잎에 지루하게 떨어지던 햇빛, 학교 오가는 길에 건축 목적이 뭔지도 모르는 철없는 아이들의 놀이터였던 충혼탑에 나른하게 내리쬐던 햇빛, 상점마다 한 대야씩 쌓아 놓고 파는 만만한 주전부리 도루묵 알 위로 터질 듯 투명하게 빛나던 햇빛, 햇빛에 대한 기억은 지금도 이토록 선명하고 깊다.

또한 친구들과 깻잎 서리하다가 뜀박질 못 하는 나만 걸려서 다 뒤집어쓰고 혼났던 일, 좁은 수로에 떨어져 있는 낱개로 비닐 포장된 사탕을 아무도 없다고 생각하고 건져 냈는데 사람이 오는 바람에 그대로 두고 도망쳤던 일, 충혼탑에서 똥이 있는 줄도 모르고 놀다가 깔고 앉아 뭉갰던 일 등 단발적으로 떠오르는 웃기고 슬픈 기억들도 떠오른다.

좋은데 좋은 줄도 모르는, 부끄러운데 부끄러운 줄도 모르는, 가난한데 가난한 줄도 모르는 철없었던 감각들이 어쩌면 알게 모르게 비옥한 토양이 되어 내 성장기의 뼈대를 형성해 주었을 것이라고, 초로의 길목에 서 있는 내가 말한다.

누군가 컴퍼스로 원을 그리다 만 듯한 마추깡 해변에선 낚시하는 청년들이 노을과 함께 평화롭게 물드는데, 방파제 난간의 물고기 장식물은 빨갛게 파랗게 분칠하고 어디로 헤엄쳐 가고 싶은 건지 명태 꼬리에 걸린 저 달은 알고 있을까.

50년이 다 된 기억들이 지금 보는 현상들과 어우러져 모두 애틋함과 그리움으로 첩첩이 먼 능선처럼 흐릿하게 아름답다.

고독의 닻을 내리고(고성군)

대진항, 화진포, 통일전망대

최북단 대진항과 화진포호를 지나 국도 7번 종점에 이른다.

고성 전망대에서 바라다보이는 휴전선 경계 너머 금강산이 가시거리에 있는데도 자유롭게 드나들 수 없다는 것이 한스럽다. 반면에 대한민국의 동서남북 모세혈관 끝까지 유입된 외국인 노동자들은 어쩌면 변화, 어쩌면 불안의 가운데 있는 우리나라의 현주소를 실감케 한다.

마침내 7번 국도 여행의 대단원의 막幕을 내린다. 소나무들의 "날카로운 첫 키스의 추억" (한용운, 「님의 침묵」 일부) 같은 배웅을 뒤로한 채.

이제 저 혼자 열렬하고 울창했던 고독의 닻을 내려놓고 분주한 일상으로 들어가야 할 일이다.

내 마음의 분지

고령군

(2022년 2월 3~17일)

하루하루 내키는 대로

『건지 감자껍질파이 북클럽』이라는 생소한 작명의 책 한 권과 기타와 악보 두 권, 수세미용 뜨개질 거리, 실과 바늘, 그리고 최소한의 의류와 화장품류만 챙겨서 짐을 꾸렸다. 분지로 잘 알려진 대구광역시와 맞닿은 지역, 아주 시골도 혼잡한 도시도 아닌 고즈넉하고 낯선 이 마을에서 정해진 계획이나 목표 없이 하루하루 내키는 대로 살아 볼 요량이다

가장 먼저 옷가지를 정리한다. 운동복 1벌, 외출복 1벌, 이 둘의 구분이 뭐가 필요할까만, 실내복은 입고, 잠옷은 걸어 두고 좀 멍하게 앉아 있는다. 그러다가 오전 11시쯤 아·점을 먹고 TV 리모컨을 이리저리 돌리다 20대 대선 관련 4차 토론회를 좀 보면서 수세미 하나를 뜬다. 코가 빡빡했다 성글었다 언제나 제 맘대로여서 모양이 반듯하지는 않지만, 수세미 정도는 내 손으로 떠서 쓰자 하는 맘이 기특해서 저 혼자 뿌듯하다.

갑자기 우체국에 갈 일이 생겨 네이버 지도 앱의 안내에 따라 걸어서 목적지에 도착한다. 금융 창구 하나, 우편물 취급 창구가 둘인 작은 우체국인데 설밑이라 그런지 소포가 많다. 직원 한 분이 내용물에 액체류가 없는지 일일이 확인하고, 포장이 적절하지 않을 때는 직접 재포장하는 등의 친절한 모습이 낯선 곳이라 조금은 얼어 있는 내 마음의 온도를 높여 준다.

일반 쓰레기 버릴 곳, 음식물 쓰레기 배출할 곳, 재활용품 분류하는 곳 등의 장소를 찾아 확인해 두고 숙소로 들어온다. 전기밥솥에서 끓고 있는 밥 냄새와 냉장고 안에 있는 시원한 맥주가 오늘 하루치의 보상이 되어 줄 것이다.

슈베르트의 미완성 교향곡(Symphony No. 8)

쿠팡에서 미세먼지 청소 포와 화장실 변기 청소용 용구, 그리고 보디로션을 주문했다. 비록 며칠간 있어도 편하게 지내려는 욕구는 내 게으름의 성정을 대변하는 듯하다. 그런데 생각해 보면 게을러서 딱히 손해 봤던 건 없는 것 같다. 나 자신에게 조급히 굴지 않으니까 아무래도 스트레스를 덜 받는달까. 그렇다고 내 게으름으로 인해 남한테까지 피해를 주거나 폐를 끼친 적은 없지 않았나 싶은데 나만의 생각이 아니기를.

오늘이 입춘이라고 한다. 면적은 넓으나 무덤은 하나밖에 없는 묘지가 창밖에 정통으로 보이는데 아직 마른 갈색 잔디로 뒤덮여 있고, 들판과 그 너머 야산, 그리고 저 멀리 보이는 산도 여전히 물기 없어 보이기는 마찬가지다. 그렇지만 곧, 하루가 다르게 물빛이 돌고 제각각의 색으로 치장들 하겠지. 나야 그 모습을 보기도 전에 이곳을 떠나겠지만. 이건 뭐지? 온 지 이틀밖에 안 돼서 떠날 생각을 하고, 그리울 것 같은 감정을 앞당겨 생각하다니. 아무튼 저 묘지 주인이 누구길래 이렇게 마을 한가운데 양지바른 곳을 차지하고 잠들어 있는지 이따 내려나 가 봐야겠다. (펜스가 처져 있고 철문이 굳게 닫혀 있는 것으로 보아 유적지는 아닌 듯, 어느 개인의 조상인가 보다. 그 후손은 번창했으려나?)

슈베르트의 〈미완성 교향곡(Symphony No.8)〉을 마음먹고 듣는다. 평소 연주 시간 20분 이상의 음악을 집중해서 듣는 일이 내게는 여간 힘든 것이 아니다. 자극적이고 짧으며 순식간에 감정을 들었다, 놨다 하는 가요에 익숙해진 귀가 거의 무색, 무취인 연주곡을 감당하려고 하지 않는 것이다. 솔직히 무료하고 지루하게 느껴지기 때문이다. 그럼에도 불구하고 고전 음악과 친해져서 수백 년이 지나도록 명곡으로 칭송받는 데는 이유가 있을, 그 감동을 진실로 누려 보고 싶은 마음이 있다.

지금 듣고 있는 곡은 갈리시아 오케스트라, 미하엘 유로프스키가 이끄는 연주로 지휘자는 등을 거의 움직이지 않고 손짓과 표정만으로 곡의 흐름을 쥐락펴락한다. 예전에 몇 차례 초등학교 합창단과 합주단을 지휘한 적이 있었는데 온몸을 움직여야만 파트별 세부 사항을 지시하면서 주제를 표현할 수밖에 없었던 기억이 있다. 물론 꼭 무엇이 정석이라 말할 순 없겠지만 유로프스키의 절제된 지휘 동작으로 수많은 악기가 적시에 제 음을 내면서 조화롭게 하나의 곡을 완성해 나가는 것이 참 멋스럽다고 생각한다.

이 곡은 목관 악기들이 먼저 말을 꺼내면 금관 악기들이 논지를 뒷받침해 주고, 현악파트도 느긋하면서 재치 있게 할 말을 이어간다. 또한, 저음부의 악기들인 콘트라베이스와 바순이 육중한 울타리를 쳐 주면 그 안에서 각종 악기가 어우러져 놀다가 고음부의 악기들은 내달리며 자유를 구가한다. 그러다가 9분 20초쯤부터 약 20초간 모든 악기가 일제히 소리를 아우르며 이 곡 전체를 관장하는 강렬한 멜로디를 뿜어내고, 나는 그만 사로잡혀서 심장의 전율을 경험하는 것이다.

2악장에는 동요 〈옹달샘〉의 마지막 구절 "물만 먹고 가지요."-솔↗시↗레↗파↘미↘레↘도-라는 익숙한 선율이 반복적으로 들린다. 〈옹달샘〉은 독일 민요에 동시 작가 윤석중 님이 가사를 붙였다는데, 오스트리아인인 슈베르트가 이 민요의 음정을 차용했는지 독일인 중 누군가가 슈베르트의 음악을 듣고 작곡을 했는지 알 수는 없으나 어릴 때부터 듣던 음률이라 그런지 더욱 친근하게 느껴진다.

대체로 교향곡은 4악장으로 작곡되나 이 곡은 두 악장밖에 없으므로 미완성의 곡으로 판단하고 있지만, 내용상으로는 결코 미완성의 작품이 아닌 것 같다. 전체적으로 웅장하면서도 날렵한 음악이다. 연주 시간 30분 정도로 교향곡으로써는 비교적 짧지만, 길고 긴 철길을 걷기라도 하듯 아주 오래도록 단정한 질서의 아름다움 속에 머물러 있었던 시간이다. 고전 음악 감상의 묘미일 것이다.

동네 산책

이곳에 있는 동안 책 한 권 읽기와 기타 연주곡 1곡을 외우겠다고 마음먹고 『건지 감자껍질파이 북클럽』을 아주 많이 아껴 가면서 야금야금 읽고 있다. 그리고 연주곡 〈Like Wind〉는 하루에 세 마디씩만이라도 외워 보려고 한다. 워낙 암보를 못 하니 끝까지 완주할 수 있을지 의문이지만 그나마 노랫말이 없으니 다행이라 여기고 틈틈이 연습해야겠다.

동네를 산책이라도 할까 싶은 마음에 입춘 지나 눈치도 없이 찾아든 추위를 아랑곳하지 않고 길을 나서 본다. 어디를 둘러봐도 산이 병풍처럼 둘러쳐져 이 지역을 감싸 안고 있는데 그렇다고 시야를 방해하는 것이 아니라 사방 먼 곳까지 충분히 조망할 수 있을 정도의 거리를 두고 산이 있어서 시원하면서도 아늑한 느낌이 든다. 게다가 아파트를 빼고는 높은 건물이 없으니 마을 전체가 한눈에 거의 다 들어온다.

내가 묵고 있는 곳을 기준으로 해서 LH 아파트가 동남쪽에 한 단지, 동서쪽에 한 단지, 그리고 민영 아파트가 여기저기 세 단지 정도 흩어져 있고, 빌라가 몇 동, 교회 두 곳과 성당이 보이고, 면사무소와 보건소 그리고 도서관이 하나의 건물 안에 모여 있는 행정복지센터가 있다. 작은 파출소와 작은 우체국, 제법 큰 규모의 초등학교, 그리고 특이한 점은 철거 작업 및 자원 재활용 센터가 벌써 네 곳이나 보인다.

그 외 작은 상가들과 가정집들을 제외하고 큼직큼직한 창고형 단층 건물이 많은데 대부분 조립식 형태로 지어졌다. 거기 어디쯤 자원센터가 또 있을지도 모를 일, 내가 중등학교 다닐 무렵 아버지께서 고물상을 하셨기 때문에 유독 내 눈에 잘 띄는 것일 수도 있겠다. 고물상을 하실 때 집에 압류 딱지가 붙은 날도 있었는데 나는 아무런 내력을 모르는 철없는 딸이었다. 그저 일요일이면 두 분이 주로 흰 옷을 입고 나란히 교회에 가던 눈부신 기억만 선명히 남아 있을 뿐이다.

행정복지센터를 지나고 대로인 다산로를 건너 농로로 들어선다. 크기를 가늠할 수 없는 드넓은 평원이 펼쳐져 있다. 경지 정리가 잘된, 아직은 농한기인 황량한 벌판 사이로 포장된 길을 따라 걸어 본다.

쟁기질을 하다 만 땅, 거름더미, 커다란 포트에 심어 놓은 남천 묘목밭, 헝클어지고 비틀어진 꽃대들이 가득한 마른 연밭, 비닐로 덮어 놓은 이랑의 송송 뚫린 구멍 사이로 양파 모종이 자라고 있는 밭을 지나고, 이름 모를 과실나무밭도 지난다.

줄지어 늘어선 비닐 막 한 곳에선 수런수런 대화를 나누는 소리가 들리고, 또 어떤 곳에선 라디오에서 흘러나오는 MC의 목소리가 길 따라 늘어진다. 사람의 그림자도 오가는 차들도 보이지 않는다. 길에는 전봇대들만 간격 맞춰 도열해 있을 뿐이다. 한낮의 무료하고도 평화로운 공기 속에서 해방감을 만끽한다. 무엇으로부터의 해방감인지도 모를, 어쩌면 나도 모르게 쌓여 있을 가슴속 찌꺼기들이 이 순간의 공기와 바람에 실려 날아가고 햇볕에 태워지고 있다는 느낌만이 충만하고 또 충만하다.

1km쯤 걸었을까? 저 멀리 둑이 보이는 곳까지만 갔다가 돌아오자는 생각이었는데 막상 가까이 가니 둑으로 올라가는 길이 나 있고, 큼지막한 '낙동강' 표지판도 보여서 반가운 마음에 올라 서본다. 둑방 아래로 내려가 갈대밭을 헤치고 강가에 이른다. 덤불에 가로막혀 강물에 손을 담글 수는 없었지만, 굵은 물결을 만들며 유장하게 흐르는 강물을 눈앞에서 보니 숨이 턱 막혀 온다. 답답해서 숨이 막히는 때도 있지만, 너무 황홀한 광경 앞에 서 있어도 숨이 막힌다는 사실과 혼자여서 좋기도 하고 혼자라서 아쉽기도 한 감정이 복잡하게 엉킨다.

그런 미묘한 기분을 즐기며 오래도록 강바람을 맞고 싶었는데 이 인적도 없는 으슥한 곳에 혼자 있다는 자각이 들자 솔직히 좀 무서워져서 그만 자리를 뜨기로 한다. 감격에 취한 채로.

오는 길에 유통센터(상호가 '마트'가 아니어서 헷갈렸다.)에 들러 비스킷, 고무장갑, 빨래집게와 포크, 마지막으로 맥주 안주인 명태포까지 사서 들어온다. 13,700원어치의 행복.

별 보고 음악 듣고 산책하기

새벽 대여섯 시 경이면 왜 꼭 눈이 떠지는지 그때부터 일어나 움직일 것도 아니면서 말이다. 그래도 그 잠깐 깨는 시간이 얼마나 소중한지 모른다. 바로 그 무렵에 반짝이는 샛별을 볼 수 있기 때문이다. 나는 잠결에 보는 빛이지만 누군가에게는 하루의 꼭짓점이 될 수도 있겠고, 또 다른 어떤 이에게는 신새벽부터 하루치를 살아 내야 할 고단한 어깨에 내려앉는 격려의 토닥임이 될지도 모를 일이다.

또한, 그 주변에 밤새도록 십자가가 아닌 별 모양의 싸인[sign]을 밝혀 두는 교회가 있는데 커튼 없는 까만 통창에 재밌는 구도의 그림이 그려지는 것을 감상하는 맛도 좋다. 두 개의 빛이 "하늘에는 영광, 땅에는 평화"라는 성경 구절을 떠오르게 만드는 것이다. 교회는 짐짓 그런 점을 의도했을까?

누에고치처럼 생긴 유과 두 개, 탱자 크기만 한 귤 두 알, 깎은 사과 세 쪽, 그리고 꿀을 넣은 홍삼차 한 잔으로 아침 식탁을 차린다. 이렇게 간결한 것도 괜찮다.

아침 식사를 하면서 말러 〈교향곡 5번〉, 4악장 〈아다지에토〉를 듣는다. 느리고 우울하고 비감한 선율이 아침의 빛깔과 어울리지 않지만, 지금은 어떤 장르의 음악이든 다 소화할 수 있을 것 같다. 그만큼 내벽이 건강하다는 뜻이겠지.

이 곡은 특히 토마스 만의 『베네치아에서의 죽음』이라는 소설을 루치노 비스콘티 감독이 만든 동명의 영화 속 삽입곡으로도 유명하다는데 영화를 보지 않았기에 더 이상의 언급은 곤란하겠다. 토마스 만의 다른 소설 『마의 산』도 읽다가 포기하고 다시 읽기, 또 포기하기를 30년째 반복하는 중이다. 말 그대로 마의 산을 넘지 못하고, 아니 들머리를 들어서지도 못한 채 아예 잊었나 싶었는데 이 음악을 들으니 또 그 책이 생각난다. 평생 숙제다.

아무튼 〈아다지에토〉는 현과 하프로만 연주되는데 마치 한 장의 색 바랜 스틸 사진을 보는 것 같은 착각이 인다. 지휘자 게르기예프의 슬픈 듯 힘 있는 눈빛도 감정 이입의 한 요소가 된다.

어제에 이어 오늘도 동네를 한 바퀴 돈다. 다산 중앙길과 상곡길이 교차하는 사거리에서 북쪽으로 방향을 틀어 걷다 보니 LH 아파트 입구가 나온다. 왼쪽으로 굽어진 길로 가서 작은 사거리에서 오른쪽으로 돌아 요양원을 지나고 다시 왼쪽으로 돌아 건물 사이 난 길을 쭉 따라 걷다 보니 어느새 시작점에 다다른다. 2Km가량 걸었나 보다. 고철 수집상이 두어 군데 더 있고, 어제는 보지 못했던 작은 교회와 마을 구석의 야산 자락에 근사한 어린이집도 있다.

40분 정도 걷는 동안 낮 시간대임에도 불구하고 손수레를 끌고 가는 사람 한 명, 후드를 뒤집어쓰고 종종걸음을 걷던 사람 한 명, 차량 대여섯 대, 움직이는 형상을 본 거라곤 그게 다다. 참으로 적막하고 조용한 마을이다. 만약 내가 메타버스 속 마을을 건설한다면 이곳이 모델이 될지도 모르겠다. 어찌나 마을이 간단하면서도 짜임새 있는지 머릿속에 그릴 수 있을 정도가 되니 말이다. 그 약간의 쓸쓸한 색조까지 덧입힐 수 있다면…, 멋진 상상이지 않은가.

상상의 나래는 일단 여기서 접고 저녁으로 흰쌀밥에다 양은 냄비(뚝배기가 없다.)에 두부 된장찌개나 끓여 먹어야겠다.

카페 글 읽기, 소방서 찾기

오늘은 그동안 밀렸던 온라인 카페의 글을 찬찬히 읽고 댓글을 정성스레 다는 일로 일과를 시작한 다음, 소방서를 찾아볼 계획이다. 내가 가입하여 활동하고 있는 카페는 30여 개의 카테고리에 그에 딸린 게시판이 많게는 7개, 적게는 3개 정도 되는 매우 광범위한 분야의 카페다. 랜선으로 사람들과 사귀면서 비대면으로 사고하고 토론하고 교감하는 것은 비슷하지만 조직의 규범적 질서가 있고 사회적인 성품도 필요로 하는 공간이니 개인 인스타그램이나 트위터 등의 소셜 미디어와는 차별되는 곳이라 하겠다. 장년 이상의 연령층이 주로 활동하는 곳이다.

나는 수많은 카테고리 중에서 수필 외 두세 군데의 게시판에서 주로 활동한다. 다른 사람들의 글을 읽고 공감되는 부분이 있으면 댓글을 달고 또 가끔 내가 글을 포스팅하면 다른 사람들이 내 글에다 가감 없는 의견을 피력하기도 한다. 때로는 생각의 차이나 성격 탓으로 나 혼자 상처받을 때도 있지만 대체로 재밌고 유익하다. 아니 다른 사람들의 짱짱하고 탄탄한 사유함에 놀라는 경우가 많다고 해야겠다.

아침에 읽은 여섯 편의 글 중에 「소녀」라는 제하의 글에 눈길이 간다. 글쓴이의 어머니에 관한 이야기인데 어림잡아 1930년 근처쯤에 출생하셨을 것 같은, 그 어머니가 '엄마'라는 역할의 일상을 살기보다 언제나 '여자'이길 원했지만, 8남매 중 맏이였기에 어쩔 수 없이 억눌린 소년기·청년기를 보내야 했고, 그 반사 행동으로 어른이 되어도 사랑받고만 싶은 소녀 감성에 머물러 있는 것 같다라는 내용의 글이다.

여기서 잠시, 나는 여자이길 바라는가 아니면 또 다른 어떤 속성의 인간이길 바라는가. 살아온 이력에 근거해 보면 나는 딸로서 효도를 다 하지 못했고, 아내다운(시대가 요구하는) 아내였는지 자부심을 품기에도 미약하고, 엄마로서 완벽하게 희생한 것 같지도 않고, 형제로서 깊은 온정의 마음을 쏟지도 못했다. 어쨌든 이 모두를 차치하고 나는 그냥 '나'이고 싶은 욕구가 가장 큰 것 같다.

다시 그 「소녀」의 이야기로 돌아가서 나는 글쓴이의 어머니가 끝까지 여자이길 바랐고 또 그리 대우를 받으셨던 그때는, 동년배의 어느 여인들은 아마 언감생심 꿈이라도 꿀 수 있었을까 싶은 시대였을 것이라고, 곧 죽어도 소녀셨던 어머니께서는 시절을 잘못 타고난 예술인의 피가 흐르지 않았을까, 하여 글쓴이의 DNA에도 영향을 끼쳤을 것이라는 취지의 댓글을 썼다. 글쓴이는 감히 예술인이라기보다 이상한 용기를 가지셨던 것이고 어머니에 대한 사적 개념은 없다라며 모든 여성 중의 한 명으로서 개성 있게 살다 가셨다는, 아주 선지자적인 응답을 한다. 얼굴 한 번 본 적 없지만 글로 소통하는 재미가 아주 꿀맛이다.

그러고 보니 가시거리 안에 소방서가 없었던 것 같아 지도에서 찾아보니 2km 외곽에 있다. 굳이 찾아서 뭘 어쩌겠다는 것은 아니지만 십 리 밖에 있다 한들 자식과 결부된 끈 하나라도 있으면 차마 애틋해지는 것이 어미 마음인지 주섬주섬 길을 나선다.

나름대로 상가가 밀집해 있는 거리를 벗어나 대로인 다산로를 따라 걷다 보니 제법 차량 통행이 잦다. 동네 안길과는 완전히 대비되는 활기가 느껴진다. 갓길도 없고 가로수도 없는 삭막한 포도를 따라 119안전센터가 있는 곳까지 가서 괜히 눈으로만 한 번 찍고 허무하게 돌아선다. 이런 맥락 없는 어미 마음이라니.

오는 도중에 고철과 상자를 가득 싣고 샛길 경사로를 오르는 손수레가 보여 뛰어가서 밀어 드린다. 내리막길이 보이길래 그만 밀어도 될 것 같아 돌아오는데, 그분이 미는 힘을 눈치챘는지 멈춰 서서 저만큼 멀어지는 내게 허리를 깍듯이 접은 채 소리 내어 고맙다고 인사한다. 비록 운동 삼아 오간 길이긴 해도 아이 생각하며 걸었던 길에 작은 의미

하나 보탤 수 있어서 오히려 내가 고맙다고 말하고 싶었으나, 그저 같이 허리 숙여 인사만 하고 오던 길을 내쳐 걷는다.

숙소 입구에 작은 카페가 있는데 주인인지 점원인지 유리창을 닦는 모습에 정성과 애정이 느껴진다. 이름도 예쁜 '봄봄', 언젠가는 한 번 들러 보고 싶다.

우륵교 넘어 달성군 'GABLE ROOF COFFEE'

낙동강을 가로지르는 우륵교를 걷는다. 아래를 내려다보니 짙은 녹갈색 강물에 바람이 일자 물결이 산맥으로 일어나 흐르고, 교각 주변 그늘진 곳에는 겨우내 얼어 있었던가 싶은 얇은 얼음장들이 잎맥 같은 무늬를 만들어 놓고 바람과 희희낙락하는 모습이 무척이나 평화로워 보인다. 그러나 이토록 평화로운 이곳도 누군가에게는 삶의 끝을 생각하는 자리가 되기도 하는지, '129 희망의 전화콜센터'에서 작성한 자살 방지 문구들이 난간 곳곳에 걸려 있다. 누구도 개개인의 삶의 무게를 저울질할 수는 없으리. 나는 그저 아무도 들을 수 없는 막연한 위로를 건넬 수밖에.

계속 걷다 보니 가운데쯤 교량과 교량을 연결한 곳에 고령군과 달성군의 경계 표시가 있다. 차량 통과 금지 구역이어서 걷기에 쾌적하고 좋다. 두 개의 지방자치 군이 각각의 편익에 따라 의견 대립 중이라는데 나야 그러든 말든 나중에 한 번 더 와 봐야겠다는 생각을 한다.

우륵 하면 가야금이 생각나는데 우륵교 중간에 있는 '탄주대'에 대해서도 좀 더 살펴보고 싶고, 멀리 스타디움처럼 보이는 건물에 대해서도 궁금하고, 낙동강과 금호강이 합쳐지는 곳을 보고 싶기도 하다. 의외의 멋이 숨어 있으리라.

달성군으로 넘어와서 많은 카페 중 한 곳에 들어선다. 순전히 카페 이름에 이끌렸기 때문이다. 'GABLE ROOF COFFEE', 내가 보기엔 평범한 네모 모양의 건물인데 왜 GABLE[박공]이라고 이름을 지었을까? 일단 뱅쇼를 주문하고 내부를 이리저리 둘러본다.

어디에도 박공 형태의 건축 양식이나 실내 장식이 보이지 않는다. 다만 한쪽 벽면에 건물 외부 사진 하나가 걸려 있는데 실내조명이 은은히 빛날 무렵에 찍은 것으로 본관

벽체와 공간을 분리하여 박공지붕 모양의 작은 건물을 따로 지어 올린 게 보인다. 아하, 그래서 '박공'이라는 이름을 지었나 보다. 무언가 독특한 외부 장식을 하고 싶어서 이런 형태의 건물을 지은 건지 카페 이름을 염두에 두고 그에 맞도록 설계를 한 건지 궁금하지만 일부러 찾아가 묻기에는 또 열없어서 속으로만 물음표를 남겨 두기로 한다.

주문한 뱅쇼를 들고 옥상에 올라간다. 온기 묻은 바람이 참 좋다. 음료에서 아직도 따뜻한 김이 올라오는 때를 놓치지 않고 4초짜리 동영상을 찍으면서 김일까, 아지랑일까? "보일 듯 말 듯 가물거리는…," 유재하의 노래 〈가리워진 길〉을 흥얼거려 보는데, 청승인지 낭만인지 혼자 실소하면서도 이런 순간이 왜 이렇게 재밌는지 말이다.

〈Like Wind〉를 얼추 다 외웠다. 하루 세 마디씩만 외우자고 했는데 생각보다 진도가 빠르다. 이제 매끄럽게 연주할 일만 남았다. 매일매일 연주하다 보면 리듬을 기억하는 만큼 손가락에도 감정이 실리겠지. 설령 그렇지 못하더라도 이 정도만으로도 충분히 만족스럽다는 사실.

길치의 변辨

오랜만에 얼굴에 자외선 차단 크림과 함께 파운데이션을 덧바르고 아이 브로우 펜슬로 눈썹까지 정리하고 외출복을 입는다. 매일 운동복만 입고 나다니다가 외출복이라고 입으니 꽤 성장盛裝한 느낌이 드는 것이 기분이 색다르다. 오늘은 이 마을로 들어오는, 노선이 딱 한 대밖에 없는 650번 시내버스를 타고 대구 시내로 나가 보려고 한다. 노선표에 있는 '약령시'를 염두에 두고 있다.

계획으로는 아침으로 커피와 유과 두 개, 귤 두 개 정도만 먹고 약령시 맛집에 가서 모양새 나게 먹고 올 작정이었는데 어영부영하다가 오전 시간을 너무 허비하는 바람에 버스를 타기도 전에 허기가 져서 숙소 근처에서 점심을 해결하기로 한다.

짬뽕라면과 김밥을 먹는데 어떻게 끓였기에 불맛이 살아 있는 것이 웬만한 짬뽕보다 맛있고, 김밥도 특별할 것 없이 어디서나 볼 수 있는 속 재료로 말았건만 맛이 어찌나 담백한지 면을 먹으면서도 계속 같이 먹게 된다. 아무리 시장이 반찬이라지만 평소 라면 한 개를 다 먹어 내기가 힘든 내가 채소까지 넣어 고봉으로 수북해진 면 한 그릇에 김밥까지 곁들여 다 먹어 치우다니 분명 맛이 특별히 좋았기 때문이라고 믿고 싶다.

맛도 맛이지만 부부로 보이는 남녀 두 사람의 호흡이 척척 맞는 것이, 포장·배달 주문에 가게에 온 손님 음식까지 재바르게 소화해 내는 활기찬 모습에서 에너지를 얻었다고 할까. 아주 허기가 져서 금방 쓰러질 것처럼 엄살을 부렸던 내가 좀 무색해졌던 것이다.

한 번 가 보려고 했던 봄봄 카페도 바로 옆에 있으니 거기나 들러서 놀고 시내는 나가지 말까? 하는 갈등이 생긴다. 배부르니 움직이기 싫기도 하고 시간이 예상보다 늦어진

탓도 있다. 일단 카페부터 들른다. 이름처럼 온통 노랑노랑 화사한 색감의 벽에 2인용 테이블이 두 개, 그리고 일자형 테이블에 의자가 두 개인 단출한 내부에 정감이 간다. 초코라떼를 마시는데 배가 불렀음에도 의외로 맛이 산뜻하다. 덕분에 기분이 좋아져서 처음 계획대로 움직이기로 한다.

그런데 동네 길을 산책하다가 몇 번이나 버스 정류장을 봤으면서 막상 찾으려니 막막하다. 예의 그 묘지 앞쪽에 정류장이 있어서 울타리만 끼고 돌면 됐을 것을 결국 방향을 잘못 잡는 바람에 한 블록을 빙 돌아 정류장에 이른다.

대구 약령시는 조선조 효종 대에 한약재와 약초를 파는 시장으로 개설되어 현재는 150여 곳의 점포가 있고 시장의 면적이 28,454㎡나 된다고 한다. 약령시 거리는 과연 ○○약업사, ○○원, ○○한약방 등 한약재를 파는 점포들이 즐비하고, 약재상들 사이사이 골목골목 전통이 있어 보이는 식당들과 전통차를 마실 수 있는 곳도 더러 보인다. 그러나 이미 배부르게 먹고 왔으니 들어갈 일도 없고 더구나 약재에 대해서는 아는 바가 없으니 괜히 상점에 들어갔다가 나오기도 그렇고 해서 한산한 거리를 걸으며 사진이나 찍는다. 혹시나 옛 느낌 물씬 풍기는 건물이 있을지 기웃거리면서.

양쪽으로 늘어선 건물로 인해 그림자가 드리워진 거리에 사선으로 햇볕이 내리쬐는 유난히 밝고 따뜻해 보이는 2층집이 있다. 지붕 색깔이 녹색으로 보이지만, 여의도에 있는 국회의사당 지붕의 돔처럼 원래는 자색이었으나 빛에 의해 칠이 벗겨지고 색이 바래서 그렇게 된 것 같다. 팔작지붕도 아니고 합각도 아닌 것이 용마루와 내림마루가 간결한 기와집으로 세월의 더께가 앉은 듯 그나마 약령시 거리의 무게감을 느끼게 해 준다.

걷다 보니 약령시 거리와는 상반된 고층 건물들이 모여 있는 구역에 백화점도 보이길래 일없이 들어가 본다. (사실은 배가 좀 아팠다.) 문제는 백화점 들어간 입구는 기억해 두었다가 그대로 빠져나왔는데 나와서 또 방향을 놓친 것이다. 버스 정류장을 찾기는 했으나 내가 타야 할 노선은 없고 게다가 번화가라 도로는 사방팔방 정신이 없다. 어쩔 수 없이 네이버 지도의 힘을 빌려 다시 백화점에서부터 약령시로 가는 방향을 더듬어 겨우 숙소로 가는 버스 노선이 있는 정류장을 찾는다. 어휴 길치, 길치, 고질병이다.

그래도 무사히 숙소에 왔고 이렇게 미주알고주알 스스로 일러바치고 있는 이 시간이 귀하지 아니한가.

소리에 병적으로 민감한

책을 읽고 있는데 밖으로부터 들려오는 스피커 소리, 동네 안내 방송인 줄 알았다. 잠시 후 멈추겠지 하고 별 대수롭지 않게 생각했으나 높낮이가 없는 억양의 목소리가 끊이지 않고 들린다. 알고 보니 숙소 바로 앞의 길에 트럭을 세워 놓고 식료품을 사러 오라는 내용의 녹음된 광고를 확성기에 대고 틀어 놓은 것이다. 한 시간 이상이나 계속된다.

그러는 행위의 정·부당함을 떠나서 일단 소리에 병적인 예민함이 있는 나는 미쳐 버릴 것만 같다. 믿을 수 없을지도 모르지만, 오장육부가 불안하게 출렁이다가 급기야는 구토할 것 같아 어쩔 수 없이, 정말 어쩔 수 없이, 라디오 볼륨을 크게 높인다. 밖에서 들어오는 소리가 좀 묻히긴 했지만, 또 어쩌면 내가 내는 소음이 옆집에 참을 수 없는 불쾌감을 주었을지도 모르겠다. 시끄럽다고 항의라도 하면 어쩌나 내심 조마조마했으나 다행히 아무런 반응은 없다. 그래도 진심 미안하다.

같은 소리가 오래도록 이어지면 누구나 불쾌할 수는 있을 테지만 유독 참기 힘들어하는 내게 아마도 치료를 요구하는 무슨 문제라도 있는 건 아닌지 심각하게 고려해 봐야겠다. 일반적인 생활에서야 그런 소리를 피하면 되지만 오늘같이 곤란한 상황이 발생하면 대책이 없으니, 작은 마을 전체에 울려 퍼지는 소리를 어떻게 피해 달아난단 말인가. 잠시 머무는 객의 자격으로 어디에 하소연할 수도 없고, 내일 또 그런 일이 일어나지 않기만을 바라는 수밖에.

이 마을 사람들은 그런 게 다 사람 살아가는 소리라고 편안하게 받아들였을까? 혹자는 나처럼 참다못해 뛰쳐나가서 항의라도 했을까? 나는 또 누군가를 견딜 수 없이 힘들게 만든 일을 하지는 않았을까 앞으로도 눈치 없이 그러지는 않을까. 이런저런 생각과 함께 저 혼자 한바탕 격정적인 소동을 겪고는, 투정하다 말개진 아이처럼 갑자기 배가 고프다.

H와 함께한 시간

매일 뭔가를 기록해야 할 것 같은 강박도 사실은 있었다. 오롯이 혼자 있는 시간 동안 알게 모르게 스며드는 외로움 혹은 고독을 대체할 수 있는 건 글 쓰는 일이 최고의 방법이고, 그래야만 시간을 허비하지 않고 가치 있게 보냈다고 믿는, 아마도 자신에게 주는 최대의 위안이기 때문일 것이다.

그렇지만 며칠 동안 아무것도 쓰지 않은 채 시간을 보내면서 멀리로는 창녕 우포늪, 가까이로는 우리나라에 피아노를 처음 들여온 곳인 사문진 나루터를 비롯해 비슬산 끝자락에 있는 산골 마을로 하늘 아래 첫 동네라는 마비정 벽화 마을, 그리고 송해 공원도 갔다 왔다. 그러는 사이 친구 같은 동생 H가 내 시간 속을 훅 들어왔다.

마음만 먹으면 언제든지 볼 수 있고 만날 수 있는 친구지만 일상으로부터 격리된 특별한 공간에서 40여 시간 동안을 온전히 함께 부대껴 보는 기회가 흔한 일은 아닐 것이다. 삼겹살에 '참'소주를 마시며(여행을 가면 그 지역의 술을 마셔보는 것이 진리라는 것을 그 친구한테 배운다. 내가 좋아하는 것만 고집했던, 아니 확장된 사고를 할 수 없었던 나를 발견한 순간.) 많은 이야기를 나눴다. 많은 것에 대한 이해가 같았고 서로 몰랐던 면, 새로운 면에 대한 유쾌한 웃음을 나눌 수 있었으며, 질리도록 기타를 쳤다. 그중에 무엇보다 차마 발설하지 못하는 서로의 이야기가 있다고 한들, 진심으로 손상되어서는 안 될 자아에 관해 이야기를 나눈 시간이 가장 의미 있었던 것 같다. 이 모두는 시간이 지나 희미해지더라도 그 느낌 그대로 빛날, 내 몇 안 되는 추억의 한 페이지가 될 것이다.

몸을 가누기 힘들게 만드는 바람, 그나마 다행히도 완연한 해빙기로 차갑지는 않은 바람을 뚫으며 다시 한번 와 보리라 했던 우륵교를 H와 함께 건넌다.

『삼국사기』에 따르면 가야국의 가실왕이 가야금을 만들고 궁중 악사였던 우륵이 12곡을 지었다고 하는데 그 가야금을 형상화한 '탄주대'를 전체 모양이 보이도록 카메라에 담고, 맞은 편 다리 아래, 코로나 정국으로 인해 임시 폐쇄된 인공섬인 "즐거움이 떨어진다."라는 뜻의 '낙락섬'과 정체를 알 수 없는 휘어진 도로 형태의 시설물을 세찬 바람과 높은 난간이라는 장애물을 불사하고 사진을 찍는다. H가 잡아 주어서 가능한 일이었다. 처음 우륵교를 건널 때부터 이곳만이 갖는 이야깃거리를 형상화한 것들을 묘사하고 싶었는데 말로 다 풀어 쓸 역량이 부족함을…. 그럴 때는 사진을 이용하는 것이 제격이다. H가 없었다면 아마도 이 부분의 이야기는 생략됐을지도.

강정보 우륵교(상단 가장 왼쪽 사진은 네이버지도에서 가져온 것)

카페 '파스쿠찌'에서 바라다 보이는 정경은 다시 평화로움이다. H와의 담소도 좋고, 가끔 밀려드는 침묵도 좋다. 창턱에 고정 좌석을 가지고 있는 못난이 3형제를 보며 어린 시절을 회상하는 재미도 좋다.

바다만큼은 아니어도 너르디너른 낙동강의 수면을 수도 없이 쪼개는 윤슬을 보며 김기림의 시 「바다와 나비」를 생각한다. 수심을 모르니 도무지 바다가 무섭지 않은 흰나비가 내려앉았다가 어린 날개가 물결에 절어 지쳐서 돌아온다는, 나는 이제 어느 정도 生의 수심을 알 나이가 되지 않았을까? 그것이 어쩌면 일부 겁쟁이가 되어 간다는 뜻일 테지만 그렇다고 씁쓸해할 것은 없다. 순리를 거스르는 것은 용기가 아니려니와 인간의 특권도 아니지 않은가.

카페를 나와 강둑 아래로 내려간다. 조금 떨어진 곳에 며칠 전 스타디움으로 착각했던, 아트갤러리 및 영상 극장인 유선형의 '디아크' 문화관이 보이고 발을 담가도 될 만큼 가까이에서 강물이 흐른다. 그 옆에 널린 크고 작은 돌로 탑을 쌓다가 시시해지면 마른 잔디 위를 걷거나 뛰기도 한다. 지난 계절에 미처 떨어지지 않은 잎들이 성글게 달린 버드나무 가지에서 새순이 돋는 것을 보며 공존의 미학과 함께 신생의 기운을 받기도 한다.

그렇게 이리저리 걷다가 무심코 물고기 모양의 안내판에 쓰인 설명을 읽는데, 궁금했던 예의 그 '휘어진 도로' 형태의 시설물 이름과 용도가 적혀있는 것을 본다. '아이스하버식 어도'-경사진 사면에 블록마다 벽이 있어서 유속을 늦추고, 주로 유영 능력이 좋은 큰 물고기들이 도약하며 이동합니다. 벽체의 하단에는 작은 터널이 있어, 저서생물과 작은 물고기들이 지나다닐 수 있습니다.-라는 설명과 함께 끄리, 배가사리, 눈동자개, 붕어, 모래무지 등의 물고기의 사진과 설명이 덧붙어 있다. 어도[魚道]라니, 우륵교를 설계한 사람들의 생물체에 대한 세심한 배려가 느껴져서 뜬금없이 마음이 따뜻해지는 것이다. 아는 만큼 보인다는 어느 저자의 문장에 보이는 만큼 느낄 수 있다는 말을 하나 보태고 싶어진다.

H와 함께했던 시간은 마치 정상을 향하여 산을 오르다 완만한 능선 어디쯤 예쁘게 불거진 오름을 가뿐하게 다녀온 느낌이랄까.

또 하나의 방점

그렇게 정상에 다다른다.

오늘이 바로 내 여정에 있어서 또 하나의 방점을 찍는 날인 것이다. 기존의 체계적인 생활에서 벗어나 나를 들여다보고자, 혹은 끄집어내 보고자 했던 잠적의 시간, 나는 나의 무엇을 보고 무엇을 비우고 또 무엇을 채웠을까? 그런 건 없는 것 같다.

서두에 말했듯이 허둥지둥 살아 보려고 생각했던 만큼 기타 연주곡 하나 외운 것, 책 한 권 읽은 것을 제외하고는 그저 내키는 대로 살았을 뿐이다. 그러나 좀 더 내면의 자유가 있었던 것은 분명한 듯, 성취하고자 하는 목표를 향해 노력해야만 하는 시간을 잠시 멈춰 둔 채 그 어떤 것에 대한 불안도 부담감도 없이 확보했던 시간이라고 자신 있게 말하고 싶다.

내 안의 분지는 따로 있는 것이 아니라 어디서든 존재할 수 있고, 이곳에서의 낯선 기운을 흠뻑 빨아들일 수 있었던 시간만큼 또 다음의 도약을 위한 준비를 마쳤다는 것에 그저 감사해야 할 일이다.

대도시

서울

(2022년 5~10월)

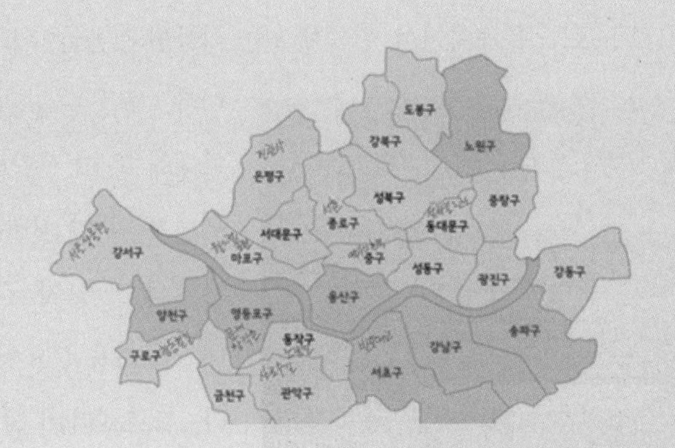

서울식물원(강서구)

식물원에 대한 막연한 경험적 지식만 갖고, 내비게이션이 안내하는 대로 길을 달려 목적지에 이르렀는데 아무리 둘러봐도 관람객들은커녕 식물원으로 보이는 건물은 어디에도 없고 바로 옆 대로에 차들만 씽씽 달린다. 무언가 잘못된 것 같아 당황스러움을 감추지 못하고 헤매다가 때마침 지나는 사람에게 실례를 무릅쓰고 물어본다.

길을 따라가면 굴다리가 있는데 그곳을 통과해야 식물원이 있다고 한다. 알고 보니 양천로를 사이에 두고 왼쪽, 오른쪽 넓은 부지를 식물원으로 사용하고 있는데, 내가 주차한 곳은 제2주차장으로 도로 오른쪽이어서, 왼쪽에 있는 식물원 건물들이 보이지 않았던 것이다. 가던 길을 멈추고 친절하게 안내해 준 그 사람이 참 고마웠다. 언젠가 집 옆 천변을 걷다가 어떤 사람이 잘 알지 못하는 주소지를 내밀며 도움을 요청했던 적이 있었다. 모르겠다며 돌아서려다가 날도 추웠거니와 전화기 배터리가 방전돼서 길을 찾을 수 없다는 그 사

람의 말이 맘에 걸려 내 전화기에 있는 지도 앱을 켜서 징검다리 건너 목적지까지 안내해 주었던 기억이 났다. 지금 생각해도 참 잘한 일인 것 같다.

강서구 마곡동에 있는 서울식물원은 야외에 초지원, 숲 문화원, 아이리스원, 목본류 전시원, 주제원, 유수지, 저류지, 야외 포지를 비롯해서 반송길, 숲송길, 백송길, 주목길 물가 가로수길 등이 있고 건물로는 온실, 식물문화센터, 어린이 정원, 마곡 문화회관이 있다.

솔직히 말하자면 얼떨떨한 채로 겨우 식물문화센터와 온실만 관람하고 나온 후 식물원 전체 안내지를 보고 나서야 이 많은 것들이 조성되어 있다는 것을 알게 되었다. 다시 방문할 기회가 있다면 좀 더 꼼꼼히 돌아봐야겠다. 특히 8개의 테마가 있는 '주제원' 중의 하나로 한때 주변에서 흔히 볼 수 있었으나, 이제는 잊힌 식물이 전시된다는 '추억의 정원'을 찾아보리라. 혹시나 내게도 추억할 만한 나무들이 있을지 있다면 이름을 떠올릴 수나 있으려는지 말이다.

식물문화센터에는 'The Tulip' 전이 열리고 있다. 튤립을 소재로 한 사진들과 튤립의 생장 과정을 담았다는 샹들리에가 눈에 띈다. 씨앗 도서관에는 토종 씨앗을 비롯한 여러 종류의 씨앗 500여 종과 씨앗 세밀화, 사진, 표본 등 다양한 전시가 이루어지고 있다. 책처럼 씨앗을 대출하고, 키워서 반납하는 프로그램이 운영되고 있다고 한다. 참 재밌는 발상이다.

온실에는 열대관의 자카르타를 비롯한 4개 도시와 지중해관의 바르셀로나 외 7개 도시의 식물들이 전시되어 있다. 생소한 이름을 가진 식물들이 많다. 그중에 가장 진기하게 느껴진 식물이 리톱스다. '돌처럼 생긴 식물'이라는 뜻으로 사막에서 동물의 먹이가 되지 않도록 바위틈에 숨어서 돌멩이에 맺힌 물방울을 먹고 자라며 주변 돌의 색깔에 맞춰 잎의 색을 다양하게 바꾼다고 한다. 자세히 들여다봐야만 식별이 된다. 모두 화려하거나 우람하여 존재감이 뛰어난 식물들 사이에서 이 작은, 어찌 보면 볼품도 없는 리톱스가 눈에 들어오다니 조용히 숨어 있는 것 같아도 은근하고 끈기 있게 발산해 낸 기운이 내게 닿았던 모양이다.

온실 안에는 어린 왕자 조형물이 있었는데 어린 왕자 하면 당연히 장미가 가장 먼저 생각나는지라 그 주변에 장미가 없다는 것을 이상하게 여기면서 그냥 지나쳐 버렸다. 그 탓에 장미만큼은 아니어도 어린 왕자 이야기에서 빠질 수 없는 바오밥 나무의 실물을 볼 수 있었던 행운을 놓쳐버린 것이 큰 아쉬움으로 남아 있다.

식물원에는 체험학습을 하러 온 건지, 수학여행을 온 건지 고등학생쯤으로 보이는 학생들이 무리 지어 다니며 단체 사진을 찍기도 하고 흩어지기도 하면서 왁자지껄 생기가 넘친다. 참 오랜만에 보는 이런 풍경이 반갑기 그지없다. 팬데믹으로 인해 모든 활동이 자유롭지 못한 요즘 푸릇푸릇한 학생들의 건강한 모습을 보는 것만으로 그저 흐뭇하고 고맙다.

전체적으로 예쁘고 진기하고 싱그럽고 시원시원하고 오묘한 온실 안의 식물을 어떤 것들은 자세히 또 어떤 것들은 대충, 그렇게 관람을 마치고 카페에서 물 한 병과 바닐라 맛 마카롱 하나를 사서 실외 테이블에 앉아 잠깐의 휴식을 취한다.

내 스타일대로 목적지만 정해 놓고 무작정 가 보는 식의 여행은 늘 실수 남발이어도 여전히 재밌고 생동감이 넘친다. 꼼꼼히 계획한 것보다는 알차지 않을 수도 있지만 좀 모자라면 어떤가. 부족하면 부족한 대로 날것 그대로의 동선과 즉흥적인 느낌이 나를 또다시 추동하도록 하는 에너지원이 되는 것을.

대도시, 서울 여행의 시작. 서울식물원에서 첫 단추를 채우다.

5월

항동철길(구로구)

철길이 나에게 주는 의미는 무엇일까. 왜 기찻길만 보면 그토록 아련하여 오래도록 바라보고 있기를 좋아하는지. 특히 운송 또는 수송 수단으로써의 역할을 끝낸, 비어 있는 철로는 과거의 모든 기억을 바닥에 깔아 놓은 채 햇빛과 바람과 눈과 비를 고스란히 받아 내며 다정하고 고요하고 쓸쓸하기도 한 감정을 불러일으키는 것 같아 더더욱 감상에 젖게 만든다. 흐르는 강물과는 또 다른 느낌의 정체성을 갖는 휴식 공간이랄까.

구로구 '항동철길'을 찾았다. 우리나라 최초 비료회사인 경기화학공업회사가 1959년에 준공한 단선철도로 삼천리 연탄을 비롯한 화물 수송을 담당하다가 열차 운행이 중단되었고 현재는 군수품을 수송하는 철도로 이용되고 있다고 한다. 그러나 그보다는 주로 시민들에게 힐링과 데이트 코스로 추억과 낭만을 선사하는 장소가 된 것 같다.

길이 4.5km의 철길을 따라 걷다 보면 또 다른 볼거리와 무언가 새로운 느낌이 분명 있을지도 모른다. 그러나 결코 만날 수 없는 레일이지만 언젠가는 만나질 것 같은 시각적 효과를 주는 거리감이 좋아서 차단 신호등이 있는 건널목에서만 몇 번을 왔다 갔다 맴돈다. 착각? 착시? 아무래도 좋다. 희망적이지 않은 결론이 눈에 빤히 보인다고 하더라도 지금, 이 순간을 즐길 수 있는 나름의 상징성을 부여해 보는 것도 묘미지 않겠는가.

철로 울타리 안에는 '푸른수목원'이 있어서 철길을 찾아왔다가 덤으로 수목원도 볼 수 있는 행운을 얻는다. 푸른수목원은 2013년에 개원한 서울특별시 제1호 공립수목원이라고 한다. 시민들이 쉴 수 있는 곳으로 넘치게 훌륭한 공간이다.

철이 지나 시들어 가는 꽃도 있지만 이제 한창 개화기인 댕강나무꽃이 수목원 곳곳에서 향내를 풍기고, 저수지에 설치된 데크 아래는 커다란 연잎 위로 노랗고 작은 남개연이 군데군데 얼굴을 내밀고 있다. 수많은 종류의 꽃들과 나무들이 봉사자들의 손에 의해 다듬어지고 있는 모습을 보니 사람이 꽃보다 아름답다는 말은 이럴 때를 두고 하는 말이 아니까 싶다.

수목원 안에는 20개의 주제 정원이 있는데 모두 다 꼼꼼히 살피진 못했으나, 그저 색다르고 예쁘고 화려한 꽃들과 푸르른 나무 사이를 휘휘 걸어 다니는 것만으로도 충만감이 가득했다. 나무가 있어 잠시라도 따가운 햇볕을 피할 수 있는 주차장도 감동적인 포인트다.

붉은 벽돌로 쌓은 건물 벽 사이 쉴 수 있도록 마련해 둔 의자도 무척이나 감각적인 디자인이다. 앉아서도 볼 수 있고 움직여도 볼 수 있는 모든 멋과 의미와 낭만을 찾아내는 일은 언제든지, 얼마든지 아름다운 일이다.

5월

문래 창작촌(영등포구)

지금까지 나는 몸집이 큰 가구부터 작은 손톱깎이 하나에 이르기까지 우리 생활에 쓰이는 수많은 물건이 어디서 어떻게 만들어질까를 생각해 본 적이 없는 것 같다. 필요하면 손쉽게 사들일 수 있으니 굳이 제작 과정까지 알아야 할 필요성을 못 느꼈기 때문일 것이고, 아예 그런 의문점을 가질 이유조차 없었기 때문일 것이다. 그런데 새삼 문득 이런 생각이 드는 건 어쩌면 오늘 내가 걸어 다닌 곳 구석구석이 한 번도 본 적 없는 우리네 삶의 '이면'을 본 것 같은 격한 충격에 사로잡혔기 때문일지도 모르겠다.

버스를 타고 영등포구 구로세무서 앞에서 하차하여 문래동 골목을 들어서는 순간부터 강렬한 인상에 사로잡힌다. 주로 철제로 무엇인가를 제작하거나 판매하는 곳이 많은데 구조관, 환, 각, 유압크라셔링크, 콤팩타, 등 외래어 표기법에 맞지 않거나, 해독할 수 없는 간판을 단 공장이나 상회들이 빼곡하고, 오래된 철공소를 비롯해 레트로retro 감성 가득한 공방과 게스트하우스guesthouse도 보인다.

사업장마다 철제가 산더미처럼 쌓여 있는데 일하는 사람들은 별로 보이지 않는 것이, 저 많은 것들로 다 무엇을 할까 궁금하던 차에 운 좋게 기계로 움직이는 쇠고리가 무거운 철제를 들어 올리는 순간을 목격하기도 하고, 불꽃을 튀기며 철판을 자르는 광경을 보기도 하고, 철갑 옷을 입고 푸른 연기를 피워 내며 용접을 하는 사람의 모습을 포착하기도 한다.

사실은 내가 오늘 찾은 곳의 풍경이 이럴 것이라고는 생각하지 않았다. 철공 관련 사업을 하던 업체들이 한 집 건너 한 집은 폐업을 하고 대신 공방이나 카페, 식당들이 공장 건물의 감성을 살려 둔 채 각기 성격에 맞는 리모델링을 해 놓고 오가는 여행객들의 눈길을 잡는, 아기자기한 멋의 거리를 상상했다. 그도 그럴 것이 문래 창작촌의 '창작'이라는 이름이 주는 이미지가 그러하지 않은가.

어찌 되었거나 이곳은 90년대 말부터 중국산 부품이 밀려오면서 문을 닫는 곳이 늘어났는데, 2000년대 들어 작업 공간이 필요한 예술인들이 비어 있는 철공소를 찾아 문래로 유입되기 시작했다고 한다. 저렴하게 공간을 임대할 수 있기에 철강 골목은 점차 젊은 예술인들로 채워져 지난 50년 역사의 과거와 현재를 그들만의 방식으로 배합 중인 것이다. 거미줄처럼 연결해 놓은 전선 아래 골목마다 그려진 아름다운 벽화, 철의 특성을 살린 조형물 또는 간판, 그리고 다양한 컨셉의 카페와 식당과 공방들이 공장이나 상회들 사이에서 묘하게 친화력을 갖는다.

한참을 그렇게 돌아다니다 보니 시장기가 느껴진다. 군데군데 식당이 있기는 하나 주

변 공장 사람들만을 위한 밥집 같은 느낌이 들어서 나 같은 객은 더구나 혼자서는 들어가기가 망설여진다. 그래도 용기를 내서 식당 간판이 있는 좁은 계단을 따라 올라가 본다. 상호처럼 가정적인 내부에 집밥 같은 상차림이 정겹다. 그리고 누가 철제품을 다루는 동네 아니랄까 봐 선풍기를 철제 다리로 접합해 놓은 것이 재밌어서 한 컷 해 본다.

문래 창작촌은 호황기였던 1970년대처럼 철공소가 밀집해 있지는 않지만, 여전히 그 명맥이 유지되고 있는 것으로 보이고, 오늘 내가 딛고 다닌 발걸음마다 어디서도 얻지 못한 삶의 근육이 붙는 것 같은 느낌에 무척 고무되는 하루다.

5월

노량진 학원가(동작구)

'노량진'이라는 이름의 유래가 문득 궁금해졌다. 이순신 장군의 최후 결전지 노량해전의 '노량'은 지금의 경남 남해와 하동 사이의 해협인데, 그와 상관없이 동떨어진 곳에 같은 이름의 지역명이 존재하는 것이 신기했기 때문이다.

노량진의 원래 이름은 노들나루(갈대가 아름답게 피어 있고 그 갈대 사이로 백로가 노닐던 한강의 나루)였다고 한다. 조선 시대 영조가 노량진으로 한자 표기를 했으나 여전히 노들나루로 불리다가 일제강점기 때 순우리말 사용 억제 정책으로 인하여 노량진으로 굳어졌다는 슬픈 이야기가 있다. 최근 지하철 9호선에 노들역이 생기고 노량진배수지 공원이 노들나루공원으로 개명된 것은 사어死語가 된 옛 지명을 살리는 일로 아주 바람직한 일이라 여겨진다.

노량진에는 누구나 다 알고 있듯이 수산시장이 있고, 또 여러 학원이 모여 있는 곳으로도 유명하다. 젊은이들의 심장이 뜨겁게 박동하며 꿈과 성공과 실패와 좌절이 한데 어우러져 꿈틀대는 곳, 그런 기운을 느껴 보고자 노량진을 찾았다. 2022년 6월 1일, 8회 지방선거가 있는 날로 휴일이라 그런지 오늘의 거리는 한산하다.

큰길 따라 걷다 보니 죽 늘어선 조립식 건물에서 다양한 음식을 판매하는 컵밥 거리가 나온다. 가게마다 메뉴도 다양하다. 값은 싸도 맛과 질이 보장되는 음식이면 좋겠다고 생각하면서 마침 아침을 먹지 않은 터라 어묵꼬치 두 개를 사 먹은 후, 어디에선가 읽었던 노량진의 '등용로'를 찾아 또 걷기 시작한다.

대로 양옆으로 학원들이 수두룩이 들어서 있는 길을 걷다가 어느 지하, 지상을 포함해 21층인 건물에 두 개 층을 제외하고 모두 학원 시설 관련인 안내판이 있는데, 그 모서리에 정말 외롭게 걸려 있는 '빵'이라고 써진 빨간색 간판 때문에 혼자 빵 터진다. 고시생, 학원생들이여! 빵점일랑은 절대 받지 말고 빵 먹고 불끈불끈 힘내서 공부하기를.

노량진의 건물들에서는 웅비하는 힘이 솟기도 하지만 또한 한달음에 와 주지 않을지도 모를 모호한 희망에 붙들린 공시생들의 불안함이 느껴지기도 한다. 바야흐로 여름으로 접어든 한낮의 기온 탓일 수도 있겠으나 도대체 낭만이라고는 찾아볼 수 없는 밍밍한 거리를 핸드폰 지도 앱이 가리키는 방향을 따라 계속 걸어 본다. 조선 시대 '등용문'에 오르기 위해 괴나리봇짐 짊어지고 과거 길을 걷던 선비들의 발자취가 배어 있을 것만 같은, 그런 정취의 길이라도 나오려나 한 가닥 기대에 부풀어서. 그러나 참으로 괴이쩍게도 지도 앱은 뜬금없이 재개발로 인해 공가空家만 잔뜩 있는 위험 구역으로 나를 끌고 가더니 생뚱맞게 장승배기역 4번 출구에 데려다 놓는다. 재밌게도 '등용로'라는 표지판이 있기는 하다. 예상과 기대는 빗나갔지만, 표지판의 글자라도 봤으니 그 또한 가상하구나 싶다. (나중에야 '등용로'라는 대로가 있고, 작은 등용로 길이 10개도 넘게 있으며, 장승배기역 4번 출구 쪽

은 등용 2길이었다는 사실을 안다.)

어이없는 일화를 남기고 10여 년 전 아들이 공부할 때 살았던 집을 더듬더듬 찾아가 본다. 그때 그 건물이 아직도 그대로다. 1층에 있는 약국도, 약국의 주인도 약국 옆 박리 김밥집도. 변함없이 그 자리를 지키는 사람들과 들고 나는 모든 사람이 주고받는 악수와 덕담이 좋은 기운으로 번지기를, 하여 모두 조금 더 빛나는 生을 살아가기를 바라본다.

6월

샤로수길(관악구)

어느 곳을 가든 감사하게도 항상 의외의 구경거리나 혹은 생각할 거리가 나타나 주었었다. 그래서인지 어딘가를 갈 때마다 무엇이 나의 감성을 깨우게 될지 혹은 어떤 지적인 흥밋거리를 만나게 될지를 기대하며 가기 전에 미리 대충 탐색해 두었던 장소로 향하게 된다. '미리, 대충'이란, 말 그대로 어느 지역의 가 볼 만한 곳을 빠르게 검색하다가 이름이 특이하다든지 어느 블로거의 포스팅에 혹한다든지 내 기억 속에 존재하는 무언가가 건드려진다든지 등의 이유로 한 지점을 '대충' 정하고 가는 길을 '미리' 알아보고, 그 정도의 정보만 가지고 그곳에 간다는 얘기다. 그곳에선 누구나 느낄 수 있는 일반적인 시각도 있겠지만 나만이 가질 수 있는 즉흥적인 감각, 뭔지 모를 짜릿함에 대한 기대가 있기 때문이다.

서울대 근처의 샤로수길('샤'자와 비슷한 서울대학교 로고 문양과 '가로수'의 합성어)을 다녀왔다. 순전히 길 이름 때문에 택한 곳인데 그곳은 가기 전에 빠르게 훑어보기를 하면서 눈에 들어왔던 정보, 딱 그 이상도 그 이하도 아니었다. 150여 미터 정도의 길을 따라 양옆으로 늘어선 건물들의 배치, 서울대학교의 이미지가 딱히 느껴지지 않는 그저 세련되거나 예스러운 상호들과 이색적인 먹거리들이 그 짧은 거리 안에 집합해 있다는 것 정도? 늘 새로운 어떤 것을 추구하는 건 아니라 해도 이렇게 아무런 느낌이 없을 수도 있다는, 이 또한 내 솔직한 감정이라 말해 두어야겠다.

집에서 샤로수길까지는 대중교통으로 왕복 세 시간 정도 소요된다. 다소 먼 거리에 비례해 그만큼 기대감이 충족되지 못했던 것은 아닐까? 싶기도 하지만, 거리의 멀고 가까운 정도는 내 여행지를 정하는 요소와 무관하기에 그 또한 이유가 되지는 않는다. 굳이 어떤 이유를 붙이고자 한다면 마치 감가상각비 같은, 비슷비슷한 곳을 갈 때마다 생기는 가치의 소모적인 느낌으로 3~4년 사이 여기저기 많이 돌아다녔던 경험치의 독소가 아닐는지.

그렇다고 해도 나는 또 다른 여행을 계획할 것이다. 그곳이 어디든 이번처럼 또 별 감흥이 없을 수도 있겠지만 그 또한 내 기억 어딘가에 묻힐 나만의 시간이 될 테니 소중하지 않을 수 없을 것이다. 언제나 긍정적인 결과만 얻을 수는 없는 법, 그러니 괜찮다. 그리고 이러니저러니 해도 '미분당'의 베트남 양지 쌀국수만큼은 그 어느 곳에서 먹었던 쌀국수보다 내 입에 최적으로 맞는, 오늘의 피로를 싹 씻어 주는 맛이었다.

6월

반포대교(서초구)

이번 여행도 언제나 그렇듯이 계획은 사뭇 낭만적이고 원대했다. 그리고 가끔 그렇듯이 미미한 첫머리를 시작으로 중간중간 벅차오르다가, 한순간 뿌듯하기도 했으나 결과적으로는 끝까지 계획한 대로 소화해 내지 못한 채 아쉬움을 남긴 일정이 되고 말았다. 그렇지만 역시 흥미로웠던 점들과 가슴에 품었던 생각들로 여운은 길게 남았고 그래서 또 이야기가 엮어지게 되는 것이다.

서초구와 용산구를 잇는 반포대교(잠수교)를 걸어서 넘어 볼 요량이다. '방배로42길'에서부터 시작한다. '방배사이길'은 전체 길이 200여 미터쯤 될까 싶은 골목 사이에 아기자기한 점포들이 많아 제2의 가로수길이라 불리며 hot-place로 알려졌다. 그러나 그건 몇 년 전 이야기인지 지금은 문이 닫힌 상점이 많다. 그래도 더러 예쁜 가게가 눈에 띄고, 감성을 자극하는 미술학원도 보이긴 하지만 선뜻 들어서지는 못한다. 그냥 구경만 하고 나오기엔 살만한 물건도 없고, 더더구나 학원엔 용건 없이 들어가서 사진만 찍고 나올 붙임성이랄까 반죽이랄까 그런 용기도 없다. 창유리에 '사진 촬영 금지'라는 안내문을 붙여 놓은 곳도 있다. 소문 듣고 혼자 좋아서 찾아간 곳이지만 왠지 냉대를 받은 느낌이다. 누가 오라고 한 것도 아닌데 무슨, 괜한 서운함을 뒤로하고 '방배 목장'에 들어가서 바닐라 맛 마카롱 하나와 애플 우유로 여행객의 소외감 같은 감정을 달랜다. 이마저 달콤한 건 또 뭔가.

한강공원을 향해 걷는 발걸음이 아직은 가볍다. 방배로를 건너다 보니 머리 위에는 팔로 허리를 휘감은 듯한 육중한 고가도로가 곡선으로 두 개, 세 개씩 교차하는데 땅에서도 공중에서도 차들이 붕붕 날아다니는 것 같다. 한낮의 소음에 취해 어지럽지만, 한편으로는 복잡하고 정교한 질서가 아름답다는 생각이 든다.

동작대로 옆길을 따라 걷다가 신반포로에 들어서니 '피천득산책로'가 있다. 학창 시절에 손바닥 크기 정도의 피천득 수필집『인연』을 들고 다니며 읽었던 기억이 희미하게 남아 있다. 피천득이 서초구에서 작품 활동을 했다고 해서 이 길 이름이 붙여졌다고 한다. 제 이름이 보통명사에 붙여져서 고유명사가 될 만큼 유명의 생애를 산, 혹은 살고 있는 사람들의 삶의 무게감이 전해지는 것 같다. 잠시 부러웠지만 그런 무게감 없이 홀가분하게 살 수 있음도 좋다는 생각에 픽 실소한다. '여우의 신포도' 같은 간사한 인간의 마음 아니겠는가.

피천득 산책로로 들어가는 입구를 지나쳐 신반포 3길로 들어선다. 위성 사진을 보고

해외에서 군사 시설로 착각했다고 하는 반포주공 주택 단지를 통과하는데 기분이 묘하다. 가로수인 플라타너스 나무둥치가 아직 견고하고 계절의 감각대로 잎은 여전히 푸른데, 이쪽은 이미 재건축 공사가 진행되고 있는 모양이다. 어떤 사람들에게 있어서는 50여 년 동안 살아왔던 삶의 터전이 역사의 뒤안길로 사라지고 또 혹자에게는 어떤 새로운 모습으로 바뀌게 될지 자못 흥미로운 일일 것이다. 90년대 말에 같은 직장에서 근무했던 은○ 언니도 이곳에 살았었다. 언제나 내게 좋은 기억으로 남아 있는 분이라 그런지 추억의 거리를 지나기라도 하는 양 물씬 그리움이 솟는다.

그렇게 재건축 중인 주택 단지를 통과하고 사람 하나 볼 수 없는 잡풀이 무성한 보도를 따라 걷다가 지하 터널을 건너니 드디어 한강공원이 저만치에 있다. 이제부터 가볍게 산책하거나 자전거를 타는 사람들이 오가기 시작하는 것을 보니, '방배사이길'부터 겨우 40여 분 정도밖에 안 걸었는데 굉장히 오랫동안 혼자 있었기라도 한 것처럼 사람들이 반갑다. 저 많은 사람들 사이에 있어도 역시나 혼자겠지만 그래도 적막한 시간을 지난 후 만난 사람들에게선 무조건적인 위안을 얻게 되는가 보다.

길옆에는 못인지 저수지인지 물이 고여 있는 곳에서 유유자적 낚시를 하는 사람도 있다. 아마도 여기가 지도에서 본 서래섬인 듯하다. 봄이면 유채꽃이 만발하고, 저녁이면 아름다운 일몰을 볼 수 있는 곳으로도 유명하다고 한다. 이런 곳이 인공섬이라니 가히 경이로울 뿐이다.

많은 것들을 보고 생각하며 걷느라 여타의 느낌은 배제되었다가 쉴 수 있는 곳을 만나니 갑자기 배가 고프고 발이 아프다. 용산으로 넘어가서 근사한 저녁을 먹으려고 했는데 일단 여기서 허기를 채워야겠다는 생각에 컵라면과 김치를 사 들고 빈자리를 찾아 앉는다. 가수 화사가 먹었던 '한강라면'을 먹어 보고 싶었지만, 그 참 뭔가 내키지 않는 심리에 주저하다가 그냥 익숙한 패턴을 따르기로 한다. 먹으면서 양말을 벗어 보니 발뒤꿈치가 까져 물집이 잡혔다. 오래 걷기에 부적합한 운동화를 신은 탓이다. 다행히 편의점에 밴드가 있어 사서 붙이고 새빛섬을 향해 걷는다.

'섬'이라고 해서 자연적으로 형성된 것인 줄 알았는데, 물 위에 떠 있는 인공 건물이다. 그뿐 아니라 예빛섬, 가빛섬, 솔빛섬 이라는 비슷하게 둥근 형태와 크기의 건물들이 고만고만한 거리에 운집해 있다. 새빛섬에서 보이는 반포대교(아래에 잠수교가 있는 대한민국 최초의 2층 교량)는 상부구조가 거더Girder 형식으로 그 옛날 거대하고 웅장했으나 이젠 쇠락하여 회랑만 남은 신전 같은 느낌을 준다. 해가 완전히 지면 달빛 분수가 형형색색의 아치를 그리며 다리 양쪽으로 터져 나오는 멋진 광경을 볼 수 있을 텐데 지금 이 자리를 떠나는 것

이 아깝긴 하지만 약간의 미련을 남기는 것 또한, 여행의 묘미려니 하고 다시 길을 간다.

잠수교를 걷는다. 아니 머무른다는 표현이 더 적절하겠다. 1,490m 정도 되는 거리를 통과하는 데 한 시간을 넘게 소요하고 있으니. 난간에 기대어 물결쳐 흐르는 강물을 들여다보고, 미동하는 해의 동선을 따라 변하는 구름의 빛을 살펴보고, 더러 삼삼오오 모여 있거나 사진을 찍는 사람들을 구경하면서 천천히 아주 천천히 이동한다. 그러다가 고층 건물 사이에서 보란 듯이 전신을 강물에 투영하는 해를 잡은 것이다. 해가 가진 권력을 순간 잡아채서 내 시간 속에 가둔 것, 어쩌면 이 장면이 바로 오늘 여행의 백미가 아닐까 싶다. 뿌듯하다.

이제 용산 이태원으로 가자. 이태원의 밤거리는 또 얼마나 화려하고 이색적일지 못내 궁금증을 안은 채 잠수교를 벗어나 경사로를 오르다 보니 남산타워가 눈에 들어온다. 그대로 산의 정상 같은 느낌이 들어서일까? 더는 걷기가 싫어지니 난감하다. 뒤꿈치만 아팠던 발이 이젠 양 새끼발가락까지 통증이 전해져 걸음을 떼기도 힘들다. 마지막까지 계획한 대로 실행하면 그보다 좋을 수는 없겠지만 여건상 중간에 멈출 줄 아는 것도 현명한 일이 아닐까? 스스로 합리화하면서 여기서 그만 오늘 여행의 온점을 찍기로 한다.

집으로 오는 길도 험난했다. 다행히 버스 한 번만 갈아타면 되었지만 두 시간 정도 혼잡한 버스에서 앉지도 못하고 서서 왔으니 다리가 아픈 건 고사하고라도 신을 벗을 수도 없는 운동화 속 발가락 때문에 여간 고통스러운 게 아니었다. 그러나 그런 불편함과 중도 하차라는 미완의 기록을 모두 상쇄하고도 남을 만큼 밀도 높았던 여정이 글을 쓰고 있는 지금까지도 깊고 묵직하게 남아 있다. 그러면 된 것이다.

9월

진관사(은평구)

사람 사이의 관계로 인한 번잡한 마음이 꽤 오래 지속되고 있다. 다른 사람들이 나의 이미지를 말할 때면 주로 cool 하다고 하고, 나 자신도 좀 그런 면이 있다고 믿었는데 지금의 나로서는 전혀 그렇지 못한 것 같아 속상하다. 불쑥 산사를 찾아 나서 본다. 불자는 아니지만, 경내에서 받는 경건함 혹은 주변의 풍광에 마음을 담고 혼자 수런수런 이야기 나누다 보면 혹시 아는가, 삿된 마음이 저도 모르게 정화될는지.

진관사를 찾기로 한다. 20여 년 전에 혜○ 언니와 함께 산사음악회를 관람했던 곳이다. 장사익 님이 흰 고무신을 신고 흰 도포 자락을 펄럭이며 〈찔레꽃〉의 첫 소절을 부르는데 그만 알 수 없는 기운이 정수리를 관통하고, 온몸의 세포들이 곤두서더니 급기야 눈물이 죽 흘러내렸던, 말하자면 마음보다 몸이 먼저 반응했던 그 환희의 순간을 아직도 선명히 기억한다. 그래서 그런지 진관사는 내게 아주 오랜만에 봐도 어제 본 친구처럼 낯이 익은 절이다.

대웅전을 오르는 길옆의 계곡에 흐르는 물소리가 우렁차다. 시인 전동균이 어느 해 한 여름에 진관사 계곡 물소리가 듣고 싶어서 갔는데 물은 없고 타오르는 돌들의 숨 막히는 울음소리만 들렸다고 했던 「땡볕 속」이라는 시의 일부가 생각난다. 나는 좋아하는 시인을 대신해서 폭포를 이룰 만큼 많은 양의 물이 흐르는 것을 보면서 사람들이 소원을 쌓아 놓은 돌무더기 위에 물기 젖은 돌멩이 하나 수줍게 얹어 놓고 가던 길을 간다.

진관사는 고려 현종(1011) 때 창건되었고, 한국전쟁 때 화재로 일부분 소실되었다가 1964년 이후에 복원되었다고 하는데 비교적 현대적인 색채를 지닌 사찰로 돌벽에 대형 스크린을 설치하여 자사自寺를 광고하는 모습이 인상적이다. 수많은 등과 기원 쪽지가 걸린 홍제루 아래를 지나 계단을 올라서면 대웅전을 비롯해 명부전, 독성전, 칠성각, 나한전, 무묵당, 나가원 등의 법전 및 객실이 한눈에 보인다. 바로 엊그제 한반도 전역을 할퀴고 지나간 역대급 태풍 힌남노도 가뿐하게 비켜 간 마당에는 따갑고도 반가운 햇살이 가득하다.

모든 사찰이 거의 비슷비슷한 생김새긴 하지만, 어느 사찰을 가더라도 그곳만이 가지는 고유한 분위기와 특색이 있게 마련이다. 이곳에서는 독성전과 칠성각이 그렇다. 이 두 건물을 정면에서 바라보면 두 개의 지붕이 서로 맞닿는 부분의 내림 마루는 짧은데 양 끝에서는 길어진 것처럼 보여서 두 채의 집이 마치 한 채처럼 보이는 착시를 일으킨다. 보는 각도에 따라 건물이 합쳐져 보이기도 하고 분리되어 보이기도 한다. 참 재밌는 발견이다.

2009년에는 칠성각을 해체 복원하던 중 오래된 태극기가 발견되었는데 만해 한용운 선생과 함께 불교계를 대표하는 독립운동가 백초월 스님께서 일제의 감시를 피해 후세에 그 뜻을 전하고자 숨겨 놓았던 것이라고 한다. 일제강점기 때 일장기에다가 태극기를 덧그리면서(건곤감리의 '곤'과 '감'의 위치가 지금 것과는 달리 서로 바뀌어 있다.) 다지고 또 다졌을 독립투사들의 통한의 결의가 곡선과 직선의 붓끝에서 비장하게 살아나는 듯하여 가슴이 묵직해진다.

그렇게 오래도록 발걸음을 멈추게 했던 독성전과 칠성각을 뒤로하고 나한전을 돌아 무묵당에 이른다. 날렵하게 휘어져 올라간 처마와 기왓골 끝의 수막새까지 섬세하게 옮겨 놓은 그림자의 완벽한 조화로움에 빠져 또 발길이 묶인 채 멈춰 서서 멍 때림, 모든 잡념이 산화되는 순간이다.

대웅전 법당의 측면에 열어 놓은 문을 통해 석가모니불(현세불)과 제화갈라보살(과거불), 미륵보살(미래불)의 삼세불三世佛을 흘깃 보고, 나가원 뒤곁으로 가니 장독대가 차곡차곡 정렬되어 있다. 뚜껑을 열어 놓은 독에서 나오는 된장, 간장의 발효되는 냄새가 정오의 밝은 햇살과 잘 어우러져 자극적이지 않으면서도 묘한 안정감을 준다. 엄마 냄새라도 배어 있는 듯, 담장에 붙어 서서 열중쉬어 자세로 햇볕을 쬐며 엄마를 기다리는 어린아이가 된 것 같은 느낌이다.

잠시 홍제루 마루에 걸터앉아 대웅전과 명부전 건물을 정면에서 감상한다. 참 잘생겼다. 힘차게도 생겼다. 삼각산(북한산) 응봉 능선의 호위 아래 어깨가 떡 벌어진 몸체로 서서 사람들의 내밀한 생각을 읽고, 무형의 팔놀림으로 토닥이면서 나약한 인간들이 심지를 바로 세우고 거친 세상을 항해할 수 있도록 돕는 거지. 나 또한 이 순간 그 수혜자가 아닐는지.

머릿속을 지배하던 복잡한 생각들이 진관사의 구석구석에서 작은 알갱이로 부수어졌다가 점차 먼지가 되어 뜨거운 햇볕에 타 없어지는 것 같은 신비로운 감정을 느낀다.

절에 왔으니 부처님께 기도드리면서 마음을 가다듬는 것도 좋았겠지만 내키는 대로 여기저기에 말을 붙이고 기억을 끄집어내고 생각을 정돈하는 사이에 어느덧 마음의 주름이 펴진 것이다. 이런 것이 바로 불법佛法이려니. 한동안은 이런저런 잡념의 굴레에서 벗어나 마음이 한가롭고 안정적인 시간을 보낼 수 있을 것 같다.

9월

성곽길 2코스, 낙산 구간(동대문구)

“바람이 불면 나를 유혹하는 안일한 만족이 떨쳐질까, 내가 알고 있는 허위의 길들이 잊혀질까. 창문을 열어 흐린 가을 하늘에 편지를 써……”

아무것도 논하거나 설명하고 싶지 않은 날이다. 그렇다고 가슴 저 밑바닥에 끓어오르는 어떤 상념을 모른 척하고 싶지는 않은데 둔감한 언어를 조탁할 수 없는 답답함에 김광석의 노랫말이나 읊으면서.

붉은 수크령 남실거리는 언덕을 올라 성곽길을 따라 걷다가 내 도량만큼이나 좁아 보이는 이화 마을 골목, 쇳대 박물관(a.k.a. 카페 개뿔)에서, 선생님께 작문 검사를 받아야 되는데 도대체 쓸 수 있는 말 하나 찾지 못하는 어린아이가 되어서.

라거나 한 잔 기울이고 마는 온통 사무친 하루.

9월

역사의 편린들(중구)

사흘간 서울 중구 일대를 여행했다. 다소 우왕좌왕하긴 했어도 최적의 동선을 따라 이동하면서 계획했던 대로 성공적인 일정을 끝낸 것 같긴 하다. 그런데 막상 후기를 쓰려고 하니 마치 수학여행을 다녀온 후 보고서를 써서 제출해야 하는 학생이라도 된 듯, 시작부터 끝까지의 모든 과정과 장면들마다 떠오르는 이미지와 생각들이 뒤엉켜 소화 불량에 걸린 환자처럼 암담하고 막막하다. 그러함에도 이 싫지 않은 숙제 거리가 나의 피를 돌게 하고, 뇌를 촉발시켜 입체적으로 움직이게 할 것이라는 걸 알기에 기꺼이 또 한 자 한 자 눌러 써 보는 것이다.

여행 경로는 굵직하게 정동교회-성 요셉아파트-약현성당-서울로7017-문화역 서울284-숭례문-한양도성 성곽길 남산구간 일부-N서울타워 및 케이블카-명동성당 순서로 이루어졌다. 어쩌다 보니 멀리로는 조선 시대, 가까이로는 현·근대사의 역사적 의미가 부여된 곳을 따라 이동을 하긴 하였으나 후에 사료들을 찾아보니 제대로 보지 못하고 느끼지도 못한 그야말로 청맹과니 같은 여행을 했다는 자괴감에 부끄러운 마음을 숨길 수가 없다. 그러나 어쩌겠는가. 스쳐 지나간 곳들에 대한 부족하고 얕은 안목의 어떠한 기록일지라도 그 또한 솔직한 나의 모습이니 소중할 수밖에 없는 것을. 아무튼, 정동교회서부터 복기를 시작해 본다.

정동교회(사적 256호)는 지금의 서울이라면 그럴 리가 없을 것이라는 걸 잘 알면서도 왠지 경사진 언덕 아래 십자가 탑과 붉은 지붕만 보이는, 품격 있게 낡고 작은 건물일 것이라는 상상을 하게 만든다. 이문세의 노래 〈광화문 연가〉 탓이리라. "언젠가는 우리 모두 세월을 따라 떠나가지만, 언덕 밑 정동길엔 아직 남아 있어요. 눈 덮인 조그만 교회당….” 단지 이름이 ‘정동’이라고 꼭 이 노랫말 속에 있는 교회란 법은 없겠지만, 내가 정동교회를 가보고 싶었던 건 순전히 이 노래 때문이었다.

그렇게 소박해도 너무나 소박한 동기 탓이었을까. 정작 우리나라의 가장 오래되었다는 빅토리아식 건물인 예배당의 건축적 의미와 미국 문화가 우리나라에 유입되기 시작한 중심지로서의 공간적 의미는 까마득히 배제한 채, 그저 백 수십 년이 넘었다는 시간적 의미 앞에서의 무게감 같은 것만, 그것도 아주 살짝 스쳐 지나갔다는 걸 고백하지 않을 수 없다. 제대로 첨부할 사진 한 장조차 찍지 못한 이 무지와 함께.

교회를 나와서 길을 걷다가 배제 공원에 있는 여인네들의 동상 앞에서는 왠지 그냥 지나치지 못할 숙연함이 있었던 것 같다. 〈안사람 의병가(나라를 빼앗긴 국민으로서 남·여 가릴 것 없이 독립에 대한 결연한 의지를 담자는 노래)〉를 어두운 등불 아래서 원지에 철필로 꾹꾹 눌러 쓰고 등사하는 여인들의 모습에서 범접할 수 없는 시대정신이 느껴졌기 때문이다. 그래도 정동교회에서처럼 그저 가볍기만 한 건 아니었다는 변명이라도 하고 싶은 걸까.

最高최고, 最初최초 등의 수식어가 따라붙는 이름들은 나의 호기심을 자극하기에 충분해서 그 이름에 걸맞은 건축물을 찾아 쫓아다니는 발걸음은 이유 없이 즐겁다.

성 요셉 아파트는 무려 50여 년 전인 1971년에 약현성당 신자들의 집단 거주를 위해 지어진 우리나라 최초最初의 주상복합아파트다. 그렇게 낡아 보이지도 않았고, 딱 1개 동인데 급경사 비탈길에 세워져서 그런지 전체 건물 좌·우의 층이 다르고, 세 군데에 있는 출입구의 높이도 각각 달랐다. 들어가 보지는 못했지만, 어느 블로거의 포스팅을 보니 이곳의 내부는 아주 좁고 미로 같아서 홍콩의 구룡성채 같다고 한다. 사실은 구룡성채에 대해서도 잘은 모른다. 나중에 가 보고 싶은 곳으로 기억해 둬야겠다.

이곳을 가는 도중에 철길이 있었는데 전철이 지날 때마다 위험 신호를 알리는 종소리와 함께 차단봉이 올라갔다가 내려오는 소리가 분주했다. "기찻길 옆 오막살이…." 언제적 불렀던 노래인가, 도심 한가운데서 바로 내 코앞을 지나는 전철은 철길 옆에 살지 않았더라도 공식처럼 저절로 향수가 일어나는 법인지 괜히 마음이 아릿했다.

아파트에서 내쳐 걸어서 약현성당으로 향했다. 약현성당(사적 252호)에 대한 기억은 조금 남다르다. 2010년 즈음에 혜○ 언니 아들이 이곳에서 결혼식을 치렀기 때문이다. 그때 '최초의 서양식 성당 건물'이라는 기억을 염두에 두었던 것 같다. 그 후 다시 찾은 귀한 시간이었지만 속속들이 보지 못하고 내력을 읽으려고도 하지 않은 채 로마네스크 양식과 고딕 양식을 절충해서 지었다는 본당 건물의 외관 형태만 가늠하면서 탑돌이 하듯 뱅뱅 돌다가 또 다음 장소로 이동하기에 바빴다.

서울 도심 한복판에 있었던 옛 청계 고가도로(3·1 고가도로 포함, 1967년~2006년)를 위에서 찍은 사진을 보면 공중 부양하듯 도로가 허공 한가운데를 직선으로 뻗어 나가다가 나들목 구간에서는 2~3층 높이의 구조로 보이기도 하고, 빌딩 숲 사이를 흐르는 강물이나 구불구불 기어가는 뱀처럼 보이는 곳도 있다. 1985년쯤이던가 청계 고가도로를 실제로 보았을 때 머리 위를 달리는 차들의 아찔한 위용에 압도되었던 기억이 있다. 내 눈에 그렇게나 멋져 보였던 그 도로가 90년대 들어 폭발적인 차량 증가와 관리 부실로 인해 노후화되었고, 2003년 청계천 복원 사업이 시작되면서 2006년 7월에 철거되어 지금은 30년 역사 속으로 사라지고 없다.

그리고 그 비슷한 시기에 서울역 고가도로도 건설되었는데 이 또한 1970년대 서울을 처음 방문하는 사람들에게 위엄 넘치는, 고도의 경제성장의 상징과도 같은 존재였으나 안전 문제와 도시 미관을 저해한다는 이유로 2014년 철거되었고 지금은 공원화하여 사람들이 다닐 수 있는 도로로 재탄생되었다.

이름하여 '서울로7017'이다. 공중에 설치된 도로에는 땅 위에 있는 정원처럼 벤치 겸용 화분과 원형 화분이 수백 개가 놓여 있었는데 딱히 어떤 감흥보다는 저 수많은 시멘트 화분의 무게에 고가도로가 하중을 견딜 수 있을까 하는 생각을 했던 것 같다. 괜한 우려이기를 바란다.

그래도 어쨌든 20여 년 전만 해도 '머리 위에서' 차들이 질주하던 그 도로에 올라 이번에는 '눈 아래' 대로를 내달리는 차의 행렬을 여유 있게 바라보며 걸었다. 시대의 흐름에 따라 변화하는 문명의 한가운데 서 있다는 자부심을 느끼며.

그렇게 서울로7017을 걸어 영화나 TV에서만 보았던 옛 서울역에 이르렀다. 남대문 정차장(1900년)을 시작으로 경성역(1925), 서울역(1947)이었다가 지금은 문화역서울284(사적 284호)로 명칭이 바뀌었는데, 르네상스식 건축물로 붉은 벽돌, 화강암 바닥, 인조석을 붙인 벽, 박달나무 바닥 등 유럽식의 이국적인 외관으로 당시 큰 화제가 되었다고 한다. 비록 일제의 잔재지만 여러 면에서 문화사적인 가치를 지키며 근대로부터 현재까지의 시간을 아우르는 새로운 예술의 장으로 거듭나고 있는 듯했다.

내가 갔을 때는 '종이'를 주제로 한 여러 가지 작품이 전시되고 있었다. 그중에서 인쇄용지를 300겹으로 쌓아 만들었다는 스툴stool이 특히 인상적이었다. 그리고 관람 중에 다른 팀에게 설명하는 것을 슬쩍 얻어 들었는데 당시에는 남·여가 유별하므로 대합실의 공간을 나누고, 사진에서 보듯이 두 개의 출입문을 따로 만들어 이용했었다는 해설사의 이야기가 매우 흥미로웠다.

역사 내 관람을 마치고 밖으로 나오니 광장에는 여행객으로 보이기도 하고 노숙자로 보이기도 하는 사람들이 삼삼오오 모여 술잔을 건네며 시간을 보내고 있었다. 보낸다기보다 아마 견뎌 내고 있는 것인지도, 아니면 즐기고 있을지도 또한 모를 일이다. 그 시간 저물고 있던 내 하루는 고단함보다는 뿌듯함이 컸던 것 같다.

숙소에서 내다보이는 밖은 거대한 빌딩 사이로 크고 작은 건물들이 여백 없이 빼곡하게 들어선 것이 여기가 서울이로구나! 싶으면서도 벽에 걸린 사진이나 그림을 보는 것처럼 비현실적인 감각에 어지러웠다고나 할까. 그래서였을까? 정말 이상하게도 그날 밤은 새벽 다섯 시가 넘

도록 뒤척이며 불면에 시달렸다. 온종일 걸었으니 적당히 피곤한 몸에 꿀잠을 자도 모자랄 판인데, 도대체 이유를 알 수 없는 일이었다. 불면의 후유증인지 입안이 깔깔해서 아침 식사도 제대로 하는 둥 마는 둥 하고 다시 길을 나섰다.

한양 도성길의 남산구간 중 숭례문에서 N서울타워까지 걷는 것이 두 번째 날의 일정이었다. 숭례문까지는 쉽게 길을 찾았고, 수비대 교체식을 구경한 것까지도 좋았는데, 다음이 문제였다. 한양 도성길 낙산 구간을 걸을 때는 흥인지문에서 바로 성곽으로 올라가는 길이 있었기 때문에 숭례문에서도 당연히 그렇게 이어질 것이라고, 정말 꿈에서도 그럴 거라고 믿었건만 어쩌나, 숭례문 건물 하나만 덩그러니 홀로 세워져 있고 좌로도 우로도 성곽을 오르는 길이 없었던 것이다.

지도 앱에도 정확한 시작점이 표시되지 않아서 황망하게 이리저리 헤매다가 현○이가 우연히 길 건너에 있는 성벽을 발견하게 되어서 무조건 그쪽으로 방향을 잡고 가다가 겨우 성곽 외벽을 따라 걸을 수 있었다. (아마도 현○이 아니었으면 혼자 헤매다가 남대문 시장에서 머물고 말았을지도.)

"시작이 반"이라고 했던가. 남산 성곽길은 문자 그대로 시작이 반이었던 것 같다. 우여곡절 끝에 성벽에 다다를 수 있었던 시점이 반, 이후 벽을 따라 올라가며 백범광장과 안중근 의사 기념관을 지나고 잠두봉 포토 아일랜드와 목멱산(남산) 봉수대 터를 거쳐 N서울타워가 있는 지점까지 오른 것이 반, 그렇게 시간과 노력이 반씩 할애되었다고 보면 되겠다.

한양도성의 가장 남쪽에 있는 잠두봉 포토 아일랜드에서는 전체 시가지는 물론이고 안산을 비롯해 인왕산, 북악산:백악산, 그리고 도성 밖의 북한산:삼각산, 도봉산과 사진 속에 전부 담지는 못했지만, 수락산과 불암산까지도 조망할 수 있었다. 그 옛날 어느 한

임금이라도 이곳에 와서 도읍지를 굽어보며 백성을 생각했을까, 누군가는 이곳에서 발 아래 모든 것을 향한 권력의 야욕을 불태웠을지도 모를 일이다.

덧없는 상념 속에 하늘을 보니 구름이 마치 하얀 무명 솜이불을 펼쳐 놓은 것처럼 도시 전체를 뒤덮고 있는 것이 보였다. 순간 엄마 몰래 이불 속에 숨어 있으면서 은근히 들키기를 바라는 아이가 된 것 같이 설레는 기분이 들었다. 구름을 걷어 내면 엄마가 거기 있기라도 한 것처럼. 괜스레 울컥 밀려오는 그리움을 안고 N서울타워에 다다랐다.

잠시 아무 생각 없이 그냥 앉아 있거나 서성이다가 봉수대 터에 서 있던 외국인 커플과

타워의 전신이 나오도록 애쓰며 셀카를 찍고 있는 무슬림 가족들의 사진을 찍어 주었다. 똘망똘망한 눈빛의 아이들과 히잡을 쓴 여인이 감사 인사를 했는데 그들 모두 한국의 정취를 아름답게 기억하기를 바랐다.

오후 세 시, 일정을 끝내기엔 이른 시간이었지만 목적 없이 여유로운 시간도 필요했으므로 케이블카를 타고 내려오는 것으로 둘째 날의 여정을 마무리하기로 했다.

현○이가 딸 ○솔이를 만나 집으로 가기 위해 을지로입구역을 향해 걷는 도중 대한제국기에 건립된 우리나라 최초의 은행 건물인 구 한국은행(사적 280호, 현 화폐금융박물관)을 보게 되었다. 우뚝우뚝 솟은 현대식 건물들이 뒤에 버티고 있는데도 결코 존재감이 약해 보이지 않는 것이 도시의 100년 흥망성쇠를 꿋꿋이 지켜본, 의연하면서 품격 있는 외양으로 무심히 걷던 나의 눈길을 사로잡은 것이다. 모름지기 나도 그런 모습으로 늙어 가고 있기를.

마지막 날의 일정을 시작한다. 유럽을 여행하면서 가장 많이 갔던 곳이 성당인데 바티칸이나 노트르담 성당을 제외하고는 어느 나라의 어떤 성당을 갔는지 가물거리긴 해도 성당이 갖는 고유의 장엄함으로 가는 곳마다 감탄해 마지않던 기억이 선명하다. 천주교 신자는 아니지만, 성당 건물에서 느껴지는 중압감이 왠지 좋다. 그런 의미에서 우리나라의 성당 중 사람들에게 가장 널리 회자되고 외국인들도 많이 찾는 명소인 명동성당을 가까이에서 자세히 보고 싶었다.

성당의 정식 명칭은 '천주교 서울대교구 주교좌 원죄 없이 잉태되신 마리아 대성당' 또는 '천주교 서울대교구 주교좌 명동대성당'이고, 줄여서 '명동대성당', '명동성당(사적 258호)'으로 부른다고 한다. 외부를 돌아보던 중 '성모무염시태'라 쓰인 석고상을 보면서 무슨 뜻인가 궁금했었는데 성당의 명칭을 알고 보니 이제야 이해가 된다. '원죄 없이 잉태되신 마리아상'인 것이다. 선악과를 따 먹은 이브로 인해 인간은 누구나 원죄를 가지고 태어날 수밖에 없다는데 '성모무염시태'라, 얼마나 정결하고 완벽한가.

대성전 안으로 조심스럽게 들어가 보았다. 마치 우산살같이 보이는 궁륭 형태의 천장 아래, 아치 모양의 좁고 긴 창으로 들어오는 빛이 기도드리는 사람들을 평화롭게 비춰 주고 있었다. 제대를 바라보는 방향으로 우측에는 '명례방공동체화'가 걸려 있었는데, 한국 천주교 창설 초기인 1784년 명례방(현재 명동 인근) 마을에 있던 김범우의 집에서 이승훈, 정약전 · 정약종 · 정약용 삼형제 등이 정기적인 신앙 집회를 갖기 시작하면서 '명례방 공동체'가 시작되었다고 한다. 양반 사회의 부조리한 현실에 맞서 만민의 자유와 평

등에 대한 갈망으로 시작된 신앙심이 아니었을까 감히 짐작해 본다. 그러나 안타깝게도 1785년 명례방 모임이 당국에 발각되어 박해를 받았고 그중 중인이었던 김범우는 모진 고문을 받고 밀양으로 유배되었다가 1년 후 사망했다고 한다. 성당의 지하 성지 묘소에는 천주교가 박해받던 시절 순교한 성인과 일반인 등 9명의 위가 안치되어 있었다. (우리나라 최초의 순교자인 김범우의 위는 이곳에 없다)

명동성당은 이런저런 역사적 부침을 겪으면서 1976년 3.1 민주구국선언 발표, 1987년 5.18 7주기 추모미사 거행, 같은 해 6월 항쟁 당시 대학생 농성단의 은신처로서의 역할과 항쟁 희생자들을 기리는 각종 미사를 집전하는 등 1970년대 이후 민주화 운동의 막강한 성지 역할을 하기도 했다.

성당의 내부와 지하까지 들여다볼 수 있어서 마음가짐이 조금 더 특별해졌던 탓인지 어떤 건물이든 외관만으로 그 가치를 논할 수 있는 것은 아니라는 생각이 들었다. 하지만 앞으로 하게 될 여행도 아마 겉으로 훑어보기가 주를 이루게 되지 않을까. 아무려면 어떤가. 어디를 가서 무엇을 보든 주체적으로 생각하고 느끼는 것이 중요한 일인 것을, 그것이 내 여행 신조 아니던가.

명동성당을 나와 명동 거리를 걸었다. 북적이는 인파 속에 함께 물결치며 휩쓸리는 재미가 정말 좋았다. 아무도 모르지만, 아무하고나 인사를 나누고 싶었던 개방된 기분으로 옷 가게에 들어가 딱히 필요하지도 않은 옷을 세 벌이나 샀다. 까만 면 치마, 까만 티 블라우스, 회색 카디

건, 그러고 보니 모두 무채색, 나도 화려한 색감의 옷을 좋아할 날이 과연 올까? 시답잖은 생각을 하며 걷다가 명동에 왔으니 또 촌스럽게 명동칼국수는 먹어 줘야 한다는 의무감에 하릴없이 순응하고 말았지만, 공항동에 있는 궁중칼국수가 훨씬 내 입에 맞는다는 걸 새삼 느끼게 되는 맛이었다. 30년 단골집의 위력을 여행지에서 확인했던!

중구 일대를 다니면서 탁사 최병헌, 백범 김구, 성재 이시영, 도마 안중근, 왈우 강우규, 그리고 나석주 등 모두 6개의 동상을 봤다.

탁사 최병헌은 정동교회의 초대 목사인 헨리 아펜젤러의 뒤를 이어 2대째 목사를 지냈던 사람이다. '탁사'라는 호는 감리교회의 직분 중 하나라고 알고 있다. 왜냐면 아버지께서 처음 다니셨던 교회가 감리교회였는데 그때 받으셨던 직분이 탁사였고, 후에 장로교로 옮기면서 집사→안수 집사→장로의 직분을 거쳤던 것으로 기억한다. 최병헌 목사의 업적이나 생애에 관한 관심보다는 '탁사'라는 호칭에 그만 생각이 머물고 말았다. 여기선 아버지를, 남산에서는 하늘을 뒤덮은 구름 속의 엄마를, 그렇게 무시로 부모님을 소환해 내고 추억할 수 있다는 것은 얼마나 행복한 일인지. 나의 아이들은 훗날 언제, 어떨 때 문득문득 우리를 불러내 그리워할까. 알 수도 없는 일을 상상하는 것만으로 콧날이 시큰해진다.

백범광장에서 보았던 김구 동상 앞 잔디마당에서는 소풍 나온 아이들이 수건돌리기 놀이를 하고 있었다. 대한의 완전한 자주 독립을 외치던 김구 선생도 천진한 아이들을 굽어보는 마음이 나만큼이나 흐뭇했으리라. 그리고 광장 한쪽에 성재 이시영 동상이 있었는데 우리나라 초대 부통령직을 지냈으나 1951년 이승만 정부의 실정[失政]과 부패를 성토하는 「국민에게 고한다」라는 성명서를 국회에 전달하고 직을 사임하였다고 한다. 사실 이시영에 대해서는 아는 바가 없었고, 당시 이기붕이 부통령이지 않았던가? 하는 왜곡된 기억만 있었다. 부끄럽지만 이번 기회에 제대로 알게 된 것도 큰 소득이니 감사해야 할 일이다.

일제의 심장이던 이토 히로부미를 저격한 안중근 의사의 동상에서는 여전히 청년의 기백이 흘러넘쳤다. 의사의 어깨를 감싸고 있는 활짝 핀 망토 자락으로 작금의 불명확한 세태를 싹 휩쓸어 버릴 수 있다면 좋겠다는 생각이 잠시 스쳤다.

강우규 의사의 동상은 솔직히 옛 서울역 건물을 찍으려다가 우연히 앵글에 잡혔고, 나중에 거기에 동상이 있다는 것을 알았다. 그런 이유로 동상의 형태가 뚜렷하지는 않지만, 강우규의 독립 활동에 대한 의미가 남달라 언급을 하지 않을 수가 없다. 강우규는

1919년 9월 65세의 나이로 조선 제3대 총독으로 부임하는 사이토 마코토에 폭탄을 투척했다. 목표물이었던 총독은 맞지 않았으나 총독부 관리 등 3명이 죽고 34명이 다쳤다고 한다. 안중근, 윤봉길, 이봉창이 모두 젊은 청년으로서 역할을 했다면 강우규는 '조국 독립'이라는 대의 앞에 나이는 문제가 되지 않는다는 것을 잘 보여 준 사례이기도 하다. 강우규 의거는 영화 〈암살〉의 모티브가 되기도 했다고 한다.

집에 가려고 을지로입구역 쪽으로 걷다 보니 당당한 모습의 동상이 하나 서 있었다. 나석주 의사, 내가 좋아하는 장석주 시인과 이름이 같아 반가운 마음에 나도 모르게 멈춰 서서 보게 되었다. 역시 독립운동 단체인 의열단 단원으로 1926년 식산은행과 동양척식주식회사에 폭탄을 던졌으나 모두 불발하여 실패하고 달아나던 중 뒤쫓던 일본 경감을 사살하고 자결하였다고 한다.

내 비록 나라를 위해 헌신하고 희생할 수 있는 용기나 마음가짐까지는 갖지 못하더라도 이렇게 동상 하나를 보더라도 그냥 지나치지 않고 한 번씩은 가슴 묵직한 파장의 느낌을 가져 보는 것도 좋겠다는 생각이 든다.

처음부터 마지막까지 흐릿하고 어설프지만 그래도 역사적 궤적을 더듬더듬 꿰고 보니, 여느 때보다는 좀 속살 깊은 여행이 된 것 같아 아주 만족스럽다. 사흘 중 이틀을 현○이와 함께했는데 혼자도 좋지만 둘이 했던 이틀간은 또 소소한 에피소드로 더 많은 추억거리가 쌓였다. 지면으로 옮기지 못한 많은 이야기도 서로의 가슴에서 오래오래 무르지 않을 시간으로 남기를 바란다.

10월

낯익은 세상(마포구)

『낯익은 세상』(황석영 저/2011년 발행)은 시·공간적으로 70년대 후반부터 90년대 초반까지 서울 난지도 쓰레기 매립장을 배경으로 한 소설로 쓰레기 더미에서 주운 폐품을 팔아 일상을 살아가는 사람들의 지극히 어려운 삶을 핏발 서지 않은 시각으로 담담히 그려 내고 있다.

'꽃섬'이란 불리는 쓰레기 더미에서 사는 사람들을 동정하지도 '꽃섬' 밖의 사람들을 비난하지도 않으면서 어쩌면 어둡고 남루하다고 느껴질 만한 곳, 한 모퉁이에 수은등 하나 밝혀 놓고 오가는 사람들에게 이런 곳도 있었다는 것을 심상하게 툭 전해 주고 싶었던 것이라는 생각이 들게 한다. "어둡다. 남루하다."라고 말한 것은 과한 표현일지도 모른다. 그저 살아가는 방식의 한 형태일 뿐, 꽃섬 사람들에게는 온몸에 절인 쓰레기 냄새로 인해 악취가 난다지만 꽃섬 밖의 사람들이 자기 영달을 위해 온갖 잡스러운 냄새를 감추고 사는 것과 다를 바가 무엇일까.

난지도라 불렸던 이곳은 93년에 쓰레기 매립장 시설이 완전히 폐쇄되어 지금은 월드컵 주 경기장과 월드컵 공원이 들어섰고, 2022년 10월 19일 현재, 나는 월드컵 공원 중의 한 곳인 하늘공원을 '맹꽁이' 열차를 타고 오른다.

모르고 보면 도저히 쓰레기 매립장이었다는 생각을 하지 못할 아름다움과 낭만이 넘치는 곳, 축제가 한창인 이곳에서 사람들의 미소는 억새꽃만큼이나 눈부시고 핑크뮬리만큼이나 화사하다. 노을에 잠긴 솟대를 보다가 내가 알지 못하는 꽃섬 사람들의 평범하지 않았던 일상과 메탄가스 폭발로 죽어 간 사람들의 영혼을 생각하면서 잠깐 엄숙해지기도 한다.

그 또한 곧 뇌리에서 사라질 것이다. 사람이란 그런 것일지 모른다. 지금 당장은 절실할지 몰라도 자잘한 혹은 엄청난 사건에 묻히고 덧입혀지면서 또 새롭고 힘찬 삶을 구가하는 것인지도.

작가는 글 중에 도깨비들을 출현시키기도 했다. 세상에서 쓰레기처럼 버려져 이곳까지 흘러왔고 그냥 그렇게 쓰레기에 묻혀 살아갈 뿐이라고 말하는 꽃섬 사람들의 가슴에 희망 같은 불빛 하나 심어 주고 싶었던 것일까. 아니면 매일매일 생산되는 거대한 쓰레기로, 아니, 사람들의 끝없는 욕망으로 인해 자연과 함께했던 세상이 점점 소멸하면서 우리의 옛 친구 도깨비까지 함께 사라져 가는 현실이 안타까웠던 것일까.

그때의 도깨비불을 보며 자란 10대 꽃섬 아이들의 성장 후 기록은 없지만, 이미 어른이 되어 있을 그 아이들도 우르르 몰려 있는 저 인파 속의 일원으로 지는 노을을 바라보고 있을지 모를 일이다. 어쩌면 내 어깨를 스치고 지나갔을지도.

10월

서촌에서의 하루(종로구)

'서촌'에서 승○와 함께 질펀하게 놀고 왔다. 서촌은 우리 모두 다 아는 세종대왕이 태어난 마을로 육백 년의 세월 동안 조선의 도읍지였던 한양:서울의 도성 안內쪽에 자리하고 있으며, 바로 경복궁의 서쪽에 인접해 있는 마을이다. 생각만큼 고풍스럽거나 찬란한 문화유산이 눈에 많이 띄지는 않았지만, 아직도 예스러움이 군데군데 남아 있고 인왕산의 기운을 받아서 그런지 뭔지 모를 아우라Aura라 풍기는 곳이었다.

골목골목을 누비며 걸었다. 한글길을 지나 재래시장인 통인시장과 한옥골, 「오감도」를 쓴 시인 이상의 집터, 서울탁주 광화문합판장, '한나라 사람살이(재단법인 세계 정교 유지재단)'라는 처음 보는 종교 건물, 제헌회관, 청년 작가 展이 열리고 있는 갤러리 B, 이보현 작가가 매월에 한 번씩 도서 큐레이팅을 한다고 했던 tea house LEMON, 적선골 음식문화거리 등을 쏘다녔다. 숙취로 인해 음식점마다 풍겨 나오는 냄새에 곤혹스러움을 느끼면서 털레털레…….

길을 걷다가 그 멋진 카페들 다 마다하고 커피는 편의점 커피가 최고라며 양지바른 편의점 앞 나무 의자에 앉아 달큰한 맥심을 한 잔씩 마시면서 천 원짜리 긁는 복권에 허탕치는 재미가 아주 쏠쏠했다. 전날 밤 음식문화거리를 순례하며 먹었던 돈카츠, 모듬회, 무늬오징어회, 과일, 생율 등 다양한 안주거리와 술집마다 느껴지는 들뜬 분위기 속에서의 대화와 수다, 그리고 술집에서 남은 오징어를 싸 들고 와서 그 밤에 라면을 끓여 먹었던 일까지, 모든 재미를 통틀어 가장 기억에 남는 장면을 꼽으라 한다면 바로 그 편의점 앞 풍경이 아닐까 한다.

우리가 묵었던 게스트 하우스 'Hide & Seek' 후문 쪽에는 커다란 밑동만 남아 있는 백송이 있었다. 우리나라에서 가장 크고 아름다운 수형을 자랑하는 나무였는데 1990년 태풍으로 넘어져 고사되었다고 한다. 지역 주민들이 그 옆에 여러 그루의 어린 백송을 심어 정성스럽게 가꾸는 중이었다. 비약일지도 모르지만, 이번에 동행했던 어리디어린 내 친구와의 우정도 이렇게 정성 들여 가꾸고 무성하게 키워야겠다고 생각해 본다.

10월 마지막 날

강

금강
(2022년 11월 7~11일)

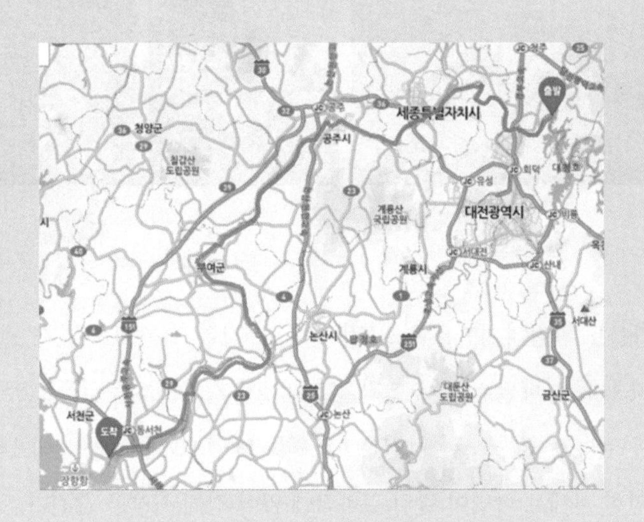

대청호의 가을(대전 동구)

대청호/추동

대청호의 가을도 찬란하지만은 않은 것 같다. 건강한 여름을 보내지 못한 채 가을을 맞이한 탓인지 몸통에 매달린 채 오그라들고 바스락거리는 나뭇잎들을 보니 안타깝다. 그래도 보도를 뒤덮고 있는 노란 낙엽은 여전히 가을 낭만의 아성을 대표하고, 나는 보료에 앉듯 편안한 자세로 낙엽이 깔린 길바닥에 앉아 잠시 사색을 즐긴다.

한때의 약속, 영원할 것 같았던 열정 같은 것들은 시작할 때처럼 지속될 수 없는 것이 인간의 쓸쓸한 한계지만 천 년을 넘어 흐르는 강물이야 어찌 얄팍한 인간의 마음과 비교할 수 있을까. 금강(금강은 발원지인 장수군 '뜬봉샘'에서 시작하여 진안군→무주군→금산군→영동군→옥천군→보은군→대전광역시→청주시→세종특별자치시→공주시→부여군→논산시→익산시→군산시→서천군→서해로 흐른다.) 여행의 출발지를 대청호로 정하고 이어서 강줄기 따라 이동하면서 지치고 빛바래고 일부 쓸모없어진 영혼을 잠시나마 달래고 싶었다.

그것이 200여km를 달려 이곳까지 온 이유다.

이응 다리 걷기(세종시)

금강보행교/세종동

대청호에서 내쳐 세종시까지 또 달린다. 특별자치시인 세종시의 신도심지에서 받은 인상은 무척 깨끗하고 풍요롭게 느껴진다는 것이다. 건물들의 외양도 색깔과 디자인이 범상치가 않다. 전통미는 없지만, 각진 차가움과 자연을 그대로 살린 부드러움이 공존하는 도시라고 생각된다.

걸어서 금강을 횡단할 수 있는 금강 보행교를 가 보기로 한다. 숙소에서 4km 정도, 걷기에 안성맞춤이다. 지도 앱을 켜고 걷는데 사람들이 거의 다니지 않는 한적하고 외딴 공원 길로 안내하는 바람에 해 지기 전에 다리까지 도착하려고 필사적으로 걷는다. 그래도 가로등이 하나둘 켜지기 시작하고 하루 덜 자란 보름달이 보행교 위에 애드벌룬처럼 떠 있는 것을 보고는 그냥 지나칠 수 없어서 갈대숲을 헤치고 들어가 사진을 찍다가도 사람들이 한둘 지나가면 봉변이라도 당할까 봐 무섭다. 세상이 수상하니 어쩔 수 없이 겁보가 되는 것이다.

금강 보행교는 세종대왕이 한글을 반포한 1446년과 숫자가 같은 1,446m의 길이로 국내에서 가장 긴 보행 전용 교량이라고 한다. (전체 모양이 원으로 되어 있어 '이응 다리'라고도 함, 사진 하단의 왼쪽, 광고용 현수막) 조명이 점등되니 수면에 반사되는 불빛이 오묘하고 조화롭다. 보행교에서 바라본 이름 모를 대교(낮에 보았던 강렬한 인상의 다리)의 주탑에 연결된 녹색 조명의 케이블[cable]과, 햇빛의 강렬함은 빠지고 따뜻함만 남은 노을과의 조화 또한 인상적이다.

숙소에 돌아오는 길에 저녁으로 낙곱새 전골을 먹으며 반주로 참이슬이 아닌 지역주 '린'을 마시기로 한다. 술맛이 거기서 거기지만 지역 이름이 주는 프리미엄이 있다고나 할까.

금강 여행의 첫날이 목구멍을 넘어가던 '린'처럼 술술 지나고 있다.

세종시의 다리들(세종시)

한두리대교/세종동

세종시에 진입해서 한 사장교斜張橋(Cable-stayed bridge)를 건너다가 거대한 돛 모양의 상부 구조물에 그만 반하고 말았다. 다리 이름도 모른 채 마음으로만 사진 한 장 인화해 놓고 계획한 일정대로 움직이다가 금강 보행교에서 또 한 번 조명이 켜진 그 다리를 보게 되었다. 이름을 알고 싶은 건 물론이고 가까이 가서 보고 싶기도 했다.

기어이 이름을 찾아낸다. '한두리대교'다. '크다'를 뜻하는 '한'과 '원'을 뜻하는 '두리'를 합성한 순우리말 이름이라고 한다. 대교의 전신을 조망할 수 있는 곳인 금강스포츠 공원을 가기 위해 신호를 기다리다가 좌회전하기 직전 어제 보았던 대교의 정면에서 보이는 모습을 바삐 한 컷 한다. 마음속으로 찍어 두었던 피사체를 촬영하는 순간의 손맛이 짜릿하게 혈류로 퍼진다. 또 하루 움직일 동력을 얻는 순간 아니겠는가.

한두리대교는 거리와 각도와 위치에 따라 주탑이 완전히 하나의 기둥처럼 보이는 돛 모양이었다가, 상어의 꼬리지느러미 같기도 하다가, 케이블이 겹쳐진 듯 격자무늬가 되기도 한다. 이 모든 형태를 빠짐없이 즐긴 후 한두리대교를 기준으로 아파트가 많이 보이는 쪽에 있는 '금남교'와 산이 보이는 쪽의 '학나래교'까지 덤으로 구경한다.

뜻한 곳에서의 뜻하지 않았던 수확물을 전리품처럼 챙겨 들고 공주보를 가기 위해 룰루랄라 시동을 켠다.

봉황 닮은 공주보(공주시)

공주보/웅진동

고령-달성군 사이에 있는 '강정보'에서 봤던 화려하고 다양한 시설물에 비해 '공주보'는 비교적 간단명료한 건축물로 보인다. 그러나 보의 디자인이 공주시의 역사와 문화를 상징하는 것 같아 재밌다. 알고 보면 즐길 수 있는 감동의 크기가 커진다.

안내판에 따르면 공주보는 백제의 잃어버린 명성을 되찾은 무령왕의 부활을 꿈꾸며 백제의 황제를 상징하는 봉황을 디자인 모티브로 차용했다고 한다. 내가 서 있는 지점을 기준으로 했을 때, 권양기실(수문을 여는 장치로 사진에서 다리의 오른쪽 난간 부분에 보이는 시설물)을 자세히 보면 봉황의 머리 모양에 여의주를 물고 있는 모습을 볼 수 있고, 봉황의 날갯짓 모양을 그린 벽면과 왼쪽 교각에 연결된 꼬리 형상까지 보의 전체적인 형태가 '봉황'의 모습임을 알 수 있다. 예사롭지 않은 건축 형태인 것을, 꽃도 자세히 보아야 예쁘다더니 매사가 그런가 싶다. 가끔은 관심과 눈썰미가 필요한 듯하다.

그나저나 낮게 흐르는 물살에 떨어지는 빛 조각을 낚는 것인지 고기를 낚는 것인지 시간을 낚고 있는 것인지 강가에 있는 두 사람한테 가서 마치 아는 동네 사람처럼 이야기를 걸어 보고 싶은 욕구가 인다. 결코 실행하지 못할.

혼자 하는 여행이라 몸이 부실하면 안 되기에 될 수 있으면 잘 챙겨 먹으려고 하는데 먹고 싶은 음식은 거의 1인분을 잘 안 판다. 그래서 오늘도 돼지 석판 구이 2인분을 시켜 천천히 꼭꼭 씹어서 많이 먹는다. 공산성에 가서 소화시킬 요량으로.

다시 하는 수학여행(공주시)

공산성/금성동

수학여행지 하면 대표적으로 신라권의 경주와 백제권의 공주, 부여가 떠오른다. 공주의 공산성은 내가 교직에 있을 때 한 번쯤은 아이들과 함께 와 봤을 법도 한 곳이건만 부끄럽고 민망하게도 '공산성'이라는 이름 외에 아무것도 남아 있는 기억이 없다. 오늘 다시 수학여행을 온 기분으로 무심히, 그러나 잊히지 않을 기억 하나 남기길 바라며 성내를 돌아본다.

공산성은 웅진 백제 시기(475~538년)를 대표하는 왕성으로 백제의 대표적인 고대 성곽이다. 백제 시대에는 토성이었다가 조선 시대 인조, 선조 이후에 동쪽의 735m를 제외한 나머지를 석성으로 개축하였다. 성의 길이는 총 2,660m로 동서남북에 성문이 있었는데 남문(진남루)과 북문(공북루)이 남아 있었고, 1993년에 동문(영동루)과 서문(금서루)을 복원하여 현재에 이르고 있다. 그 외 성내에 백제와 조선을 아우르는 유적이 많이 남아 있다. 그중 탐방객의 주 출입문에 있는 금서루, 금강의 물을 끌어들여 저장했던 연못인 연지蓮池와 그 사이에 있는 만하루, 그리고 영은사가 가장 인상이 깊다.

영은사에 대해 조금 자세히 설명하자면, 아니 여느 절에서 잘 볼 수 없는 특이점을 말하자면 '영은사'라는 사찰 이름이 걸린 건물은 '관일루'라고도 하고, '대웅전'은 석가모니불이 아닌 관세음보살상을 모신 곳이어서 그런지 '원통전'이라는 현판이 걸려 있다. 두 건물 모두 방위가 북향이라는 것과 대웅전이 관일루 뒤편에 위치하고 집채도 작은 것이 이 또한 다른 사찰과 대비되는 특징적인 요소다.

'관일루'는 임진왜란 때 승병의 합숙소로 사용되었다고 하는데 방위가 북향인데다 땔감도 부족했을 테니 겨울이면 추위에 얼마나 고통스러웠을지 그럼에도 천한 신분의 승려라는 이유로 의병의 이름에도 오르지 못했다는 슬픈 이야기가 서린 곳이라고 喫茶去끽다거에서 만난 스님께서 해 주신 말씀이다.

끽다거라는 찻집의 이름은 조주선사와 관련된 일화로 "차나 한잔 들고 가시게."라는 뜻이라고 한다. 스님께서는 피로를 풀 수 있는 차라며 자몽차를 권하셨는데 "한 잔 마시고 또 힘내서 여행하시게."라고 말씀해 주시는 듯 격려의 토닥임이 느껴진다.

공산성에서 가장 높은 공산정에서 바라본 금강과 공산성 앞 연문광장 회전교차로에 있는 무열왕 동상이 공주의 시민들에게 좋은 기운과 에너지를 주고 있는 것 같아 이방인 이지만 바라보는 마음이 괜히 흐뭇하다. 공산성에 관해 십분의 일도 다 기록하지는 못했지만 그래도 오늘의 수학여행은 꽤 성공적이었다.

백제 문화의 자부심(부여군)

백제보/부여읍

공주, 부여의 백제 문화에 대한 자부심은 어디를 가나 드러난다. 공주보의 건물 형태가 백제의 황제를 상징하는 봉황 모양이라면 부여는 아예 보의 명칭 자체가 '백제'다. 이름하여 백제권이라 불리는 지역인 공주, 부여를 거쳐 내일은 익산에 이를 것인데 그곳 또한 백제의 흔적을 어디서나 찾을 수 있을지 자못 궁금해진다.

백제보는 수력 발전으로 연간 14GWh(140억 와트)의 전력을 생산하여 1만 3천 명이 사용한다고 한다. 공도교(나라나 도(道), 시(市) 등에서 마련하여 관리하는 공도에 놓은 다리)는 자전거와 도보 통행만 가능하다. 다리 끝이 보이지 않아서 꽤 긴 것 같지만, 총길이 311m로 가볍게 걸을 만한 곳이라 끝까지 갔다 오기로 한다. 반대편에서 한 사람이 양산을 쓰고 오길래 좀 유별나다고 생각하는 순간 또 다른 사람들이 연이어 걸어오는데, 모두 양산을 쓰고 있다. 그제서야 저들은 이곳을 자주 걸어 다니는 지역 주민이라는 생각이 든다. 관광객이라면 정면으로 받는 빛을 가리기 위해 양산을 준비할 만큼 치밀한 계획을 세우기란 쉽지 않을 테니까 말이다.

반대쪽 끝에 도달하고 보니 청양군이다. 백제보는 부여군의 시설인 줄로만 알았는데 청양군 쪽에서 보면 또 그런가 싶기도 하다. 고령에 있는 강정보도 우륵교를 지나면서 달성군으로 지역이 바뀐다. 지역과 지역의 경계를 넘나드는 것은 뭔가 아슬하고도 모호한 스릴감이 있다. '경계'라는 단어의 의미에 내포된 위태로움 때문에 그럴 수도 있고, 경계선만 넘으면 또 다른 세상이 펼쳐질지도 모른다는 우화 같은 상상 때문에 그럴 수도 있겠다.

다음 목적지를 향해 이동하다가 금강에서 빠져나온 물줄기가 하천을 이루는 곳에 난간석을 낮게 설치해 놓은 다리를 발견하고 차를 세운다. 거의 모든 다리가 위험을 피해 난간을 높게 만드는 것이 법칙인 세상, 그런 안전장치 하나조차 버거운 간섭으로 느껴질 때 이런 다리를 만나면 뭔지 모를 해방감이 느껴지는 것이다. 이곳에서는 아무도 위험하지 않기를 바라면서 가던 길을 이어 간다.

날씨가 흐림인지 미세먼지 때문인지 햇살이 하늘을 뚫지 못한 탓에 강은 반짝이지 않지만, 그저 이 명경같이 맑고 평화로운 한때가 좋아 소국의 작디작은 꽃잎에조차 감사하는 마음을 내려놓고 싶은 날이다.

백마강(부여군)

백마강/부여군 일대

백마강 달밤에 물새가 울어

잊어버린 옛날이 애달프구나

저어라 사공아 일엽편주 두둥실

낙화암 그늘에서 울어나 보자

고란사 종소리 사무치면은
구곡간장 올올이 찢어지더라
누구라 알리요 백마강 탄식을
낙화암 달빛만 옛날 같으리

이인권〈꿈꾸는 백마강〉

무심코 흘려듣던 노래를 적어 놓고 보니 한 구절 한 구절이 다 애잔하고도 애달프다. 두만강도 그렇고 낙동강도 그렇고, 강을 소재로 한 노랫말이 마찬가지로 다 그런 것 같다. 그중에 백마강이 단연 더 슬프게 느껴지는 건 의자왕과 삼천 궁녀의 한 맺힌 이야기가 서린 낙화암이 있어서일까? 그런 감정에 이입되어 보고 싶기도 해서 황포돛배를 타고 강을 건너 고란사를 가려다가 시간이 늦어진 바람에 포기하고 대신 우리나라에서 유일하게 운영되고 있는 '수륙양용 버스'를 타고 백마강에 들어갔다가 나온다. 붉은 글씨로 '낙화암'이라고 쓰인 곳 꼭대기에 사람들이 웅성웅성 서 있는 것이 보인다. 아무 궁녀들의 넋이라도 빌어 주시길.

부여군의 천정대에서 세도면 반주월리에 이르는 16km 구간은 백마강이라는 이름을 갖고 있다. 솔직히 백마강이 금강인 줄은 몰랐다. 『동국여지승람』에 의하면 공주시 일대에서는 '웅진강(熊津江)', 부여군 지역에서는 '백마강(白馬江)', 하류 서천군, 군산시에서는 '진강(津江)' 또는 '고성진강(古城津江)'이라 불렀다는 기록이 있다. 모두 이번에 알게 된 사실이다.] 언젠가 서천군의 신성리 갈대밭에 갔다가 뜻하지 않게도 너무나 장엄하게 흐르는 강물을 지척에서 보면서 그 울렁거리던 풍경을 오래도록 잊지 못했기에, 하고 많은 강 중에서 군이 금강을 여행지로 선택했을 때까지도 몰랐었다. 다 독립적으로 이름이 존재하는 강이라고만 생각했지 말이다.

백마강을 바라보며 노랫말처럼 사무치는 마음까지는 아니더라도 그저 산도 나무도 강 속으로 내려와 함께 저물어 가는 이 고요한 평화가 대대손손 이어져 가기를 진심으로 간절히 바라본다.

부여에서 일기 쓰기(부여군)

부여의 이모저모/부여읍

부여에서는 이야기의 주제 외에도 소소하게 하고픈 말이 자꾸 생긴다.

부여군으로 넘어오니 가로수가 소나무인 곳이 많다. 여느 나무들과는 달리 기개와 강직함이 느껴져서 이 길을 지나는 것만으로도 기운을 받는 것 같은 느낌이 든다. 이런 가로수길을 번번이 지나칠 때마다 아쉬웠는데 마침 길 가 쪽으로 보조 차로가 있어 얼른

차를 세우고 카메라에 담아 보았다. 사진이 실물을 이기지 못하지만 그래도 멋지다.

백제문화단지에 있는 카페에 들어가 메이플 시럽을 얹은 크루아상과 아이스크림을 점심 대용으로 먹었는데 지금까지 먹어 본 크루아상 중에 가장 맛있었다. 부드럽고 달콤하고 포근한 식감이 좋아 빵을 별로 좋아하지 않는 내가 무려 네 개씩이나 남기지 않고 다 먹었다는 말이다.

오늘의 숙소는 번화한 곳이 아닌 외곽의 가정집 2층에 있는 방이다. 책과 화분이 있는 책상도, 바깥 풍경이 고스란히 들어오는 액자 같은 창문도, 방에 있는 단감 두 알도 모두 정겹다. 정갈하고 단정하고 따뜻하다. 그런데 저녁 식사가 문제다. 주변에 편의점도 없고 식당도 큰길까지 나가야 한다. 그래도 그동안 혼자 여행을 다녔던 구력이 붙었는지 밥을 먹겠다고 시골길을 겁도 없이 걸어서 갔다 왔다. 어두운 골목을 지나고 들판도 지나고 인가가 없는 대로를 걸어 '연꽃 이야기'라는 예쁜 식당에서 연밥을 먹었다. 식당에 디스플레이 해 둔 소품 중에 '백제금동대향로'를 복제한 장식품이 있었다. 누가 백제 문화권이 아니랄까 봐, 이런 세심함에 식탁에 더 풍미가 느껴졌다면 살짝 over일까?

"보람찬 하루를~~"이라는 노래가 저절로 생각나는 밤, 오늘도 알뜰하고 알찬 하루였다. 일기 끝.

도계道界 넘나들기(익산시)

성당포구

세종특별자치시에서 시작한 금강 여행은 충청남도 공주시 부여군을 지나 전라북도 익산을 거치고 다시 충남 서천으로 휘돈 후, 또다시 전북 군산으로 구불구불 이어 갈 계획이다. 원래는 강변 따라 자전거 여행을 하고 싶었는데 그것만큼은 혼자 할 용기가 나지 않아 차로 이동하는 중인 것이다.

현재는 익산시, 금강과 지방하천인 산북천이 만나는 곳인 '성당포구'에서 잠시 여장을 풀기로 한다. 성당포구는 고려에서 조선 후기까지 세곡을 모아 둔 성당창[성당창(聖堂倉)은 조선 시대에 전라도 함열, 즉 현재의 익산 지역과 전라도 동부 지역의 세곡(稅穀)을 수납하여 한성의 경창(京倉)으로 운송하는 기능을 담당하였던 곳이다.]이 있었던 곳이라고 하는데 그 흔적을 찾을 수는 없다. 다만 철 지난 원두막같이 휑한 정자와 익산시의 보호수인 느티나무 그리고 전라북도 기념물 제109호인 은행나무만이 마을 어귀에 인식표처럼 자리하고 있다.

산북천이 흐르는 둑에 올라서서야 낚시꾼들과 지나는 라이더rider들을 볼 수 있어 조용한 마을에 한 줌 활기가 생성되는 듯하다. 그러거나 말거나 저 멀리 금강은 유유히 제 갈 길을 가고 있구나.

충청남도에서 1,226m 길이의 웅포대교를 건너니 순식간에 전라북도 익산이었다. 한나절 만에 도계를 건넜다가 다시 도계를 넘어 충남으로 간다. 앞서도 말했듯이 경계를 넘나든다는 건 언제나 오묘한 기분에 들뜨는 일인 것 같다.

시농리에서 멈추다(서천군)

문산면 시농리

익산 성당포구에서 여행의 종착지인 군산을 가는 길에 서천군의 '판교, 시간이 멈춘 마을'을 들렀다 가기로 한다. 판교 마을은 TV 프로그램 〈식객 허영만의 백반 기행〉, 〈김영철의 동네 한 바퀴〉 등 여러 매체의 전파를 탄 마을로 이미 유명해진 마을인데 어떤 식으로 시간이 멈춰 있을까 잔뜩 호기심 어린 마음을 품고 달린다.

그런데 판교를 가는 도중에 시농리 마을에서 그만 멈추고 말았다. 정감 넘치는 거리

모습에 도저히 그냥 지나칠 수가 없었기 때문이다. 중앙선도 없이 차가 서로 비켜설 수 있을 만한 정도 너비의 길에 총 거리가 100m 정도나 될까? 이 길을 지나는 동안 그 흔한 형광등이나 LED 간판 하나 찾아볼 수 없다. 눈 돌아갈 만큼 빠르게 발전하고 변해 가는 현대 문명에서 고스란히 비켜나 있는 것 같지만, 전혀 고립되거나 낙후된 느낌이 들지 않는 데다가 새롭게 치장한 것도 요란할 것도 없는 무광의 차분함에 홀린 듯 발길이 붙들린 것이다.

그렇다고 딱히 이거다 싶은 말할 거리가 있는 것도 아니다. 하나 재밌는 것은 내가 이 마을에 도착했을 때가 이미 오후 1시가 넘은 시간, 그때는 분명히 우체국 문이 닫혀 있었는데 동네를 한 바퀴 돌고 풍미각에 들어가 짜장면 한 그릇 먹고 나오니 문이 열렸다는 것이다. 우체국이 동네 슈퍼도 아니고 필요에 따라 개폐 시간이 들쑥날쑥하다니. (나중에 알고 보니 요즘엔 우체국도 점심시간에 아예 문을 닫는 곳이 더러 있다고 한다. 전에 행정복지센터를 동사무소라고 했다가 옛날 사람이라고 놀림 받았던 생각이 난다. 세태의 변화를 발 빠르게 눈치채야 하는데 미처 따라잡을 수가 없을 때가 많다.)

풍미각 말이 나왔으니 말인데, 식당 간판을 보는 순간 나도 모르게 문을 슬쩍 열어보았다가 입구 쪽에 있는 주전자며 그릇, 집기 등이 물기 하나 없이 반짝이는 것을 보고 원래는 점심 먹을 생각이 없었다가 갑자기 식욕이 당겨 들어서게 되었다. 낡은 식탁이지만 주인 양반의 부지런함이 눈에 보이는 듯 칼칼하고 깨끗해서 그런지 맛도 좋게 느껴져서 짜장면 한 올도 남기지 않고 싹싹 긁어 먹었다. 문이 닫힌 방에서 흘러나오는 라디오 소리인 듯, 사람들 소리인 듯 두런두런 정겨운 소리에 마치 겸상이라도 하는 것처럼 기분 좋은 착각을 하면서.

판교 마을을 가다가 느닷없이 멈춰 버리게 된 문산면 시농리 마을에서의 60분은 여행을 하면서 독차지하는 나의 시간 중에서도 으뜸으로 받은 선물 같은 시간이었다. 그리고 사실은 판교 마을도 다녀오긴 했다. 물론 시농리 마을을 거치지 않았다면 그곳에서 보낸 좋은 시간을 기록으로 남길 것이나 입구에서부터 나를 사로잡은 시농리 마을 정취가 내 마음을 먼저 차지하고 말았음을…….

강물은 멈추고(서천군)

금강하구/마서면

대청호에서 출발한 나는 드디어 금강의 하구에 이르고, 총 394.79km에 달하는 거리를 줄기차게 흘러온 강물은 이곳에서 멈춘다.

해가 막 지고 난 어스름 저녁, 20개의 갑문에 불이 켜지고 그 불빛들을 조용히 받아 내며 세상만사를 다 포용할 수 있을 것 같은 넉넉한 강물에 매료된다. 그러나 아무 생각 없이 눈으로만 보면 그렇지만 군산만으로 흘러들어야 할 강물이 둑에 막혀 버렸으니 어쩔 수 없이 수질 오염, 토사 퇴적, 하구 생태계 파괴 등의 문제가 생길 것이다. 반면에 제방을 건설한 데는 또 농업·공업용수 공급과 홍수 예방이라는 분명한 이유가 있기도 할 테니 이러한 딜레마를 어쩔 것인지 무지한 관광객은 참으로 궁금하다. 강물이 바다로 흘러드는 광경을 보지 못하는 아쉬움이 큰 것은 그저 내 사정일 뿐이고.

군산 쪽에서 봤을 때 장항선 철로가 금강 갑문 왼쪽 옆길에 나란히 나 있는 것으로 알고 있는데 뜬금없이 제방 둑의 차도 위로 철길이 보인다. 차단 바bar나 경고등이 없는 것으로 보아 폐철길인 듯하다. 시·종착역이 어디였는지 여객용이었는지 화물수송용이었는지 여러 가지로 또 궁금하지만, 그에 대한 자료를 찾을 수는 없을 것 같으니 내일 경암동 철길 마을에나 가 봐야겠다고 생각하면서 숙소를 향해 발걸음을 옮긴다.

경암동 철길 마을(군산시)

철길 마을/경암동

군산에는 미○ 언니랑 성○와 같이 와 본 적이 있다. 경암동 철길 마을에서부터 일제 강점기 당시 우리나라가 수탈당했던 흔적(근대 역사박물관을 비롯해 옛 군산세관, 일본인 창고, 옛 조선은행 군산 지점, 신흥동 일본식 가옥 및 동국사 등)을 하나하나 살펴보면서 그 시대의 아픔을 통감했었고, 이성당 빵과 군산 짬뽕 그리고 한일옥에서 먹었던 무우[牛]국 맛에 대한 좋은 기억도 가지고 있다. 이번에도 비슷한 경로를 거치면서 한때의 추억을 떠올려 본다.

경암동 철길 마을은 그때와는 느낌이 아주 다르다. 지금은 거의 90%가 추억을 파는 가게들로 채워져 있지만, 2015년에 우리가 왔을 때만 해도 실제 사람이 거주하는 집이 많았고, 텃밭의 채소를 밟지 말라는 귀여운 경고문, 장독대 뚜껑 위의 돌들과 널어놓은 빨래 등 여기저기 살림을 하는 흔적들을 볼 수 있었다. 그리고 절대 잊히지 않는 장면 하나가 있다. 철길을 걷다가 화단에 핀 꽃무릇을 보고 "어? 상사화가 폈네./그게 상사화여? 나는 몇 년이 지나도록 해마다 꽃 이름도 모르고 봤네./네. 꽃이 져야만 잎이 나기 때문에 꽃과 잎이 서로 볼 수 없어서 상사화래요./아아, 어쩐지 저 꽃만 보면 괜히 애처롭더라니께."라는 말을 주고받았던 동네 분과의 만남이다.

어린 왕자가 자기 별에서 태어난 장미의 도도함에 상처받고 별을 탈출하여 지구에 닿았을 때, 어느 집 정원에 핀 수많은 장미꽃을 보고 충격받지만, 그래도 본인이 물 주고 가꾼 그 별의 장미만이 유일한 사랑이었다는 것을 깨닫게 된다는 내용이 생각났다. 왜냐면 나 또한 지난해 길상사에서 절 마당을 온통 다 채우는 상사화 무리를 봤을 때도 내 가슴에는 오직 2015년에 봤던 그 단 하나의 꽃대만이 선명하게 살아 있다는 것을 새삼 느꼈던 경험이 있기 때문이다. 아직도 그분은 그 집에 살고 계실지, 그 화단은 여전한지, 올해도 상사화는 피고 졌을지…. 모든 것이 그대로 있을 거라는 생각까지는 하지 않았어도 이토록이나 크게 변해 있을 줄은 몰랐다. 옛날 교복, 달고나 세트, 쫀디기, 뽑기 등 6~70년대 시절의 추억이 가득한 철길을 걸어 보는 것도 좋지만 내게는 가까운 2015년의 추억이 더 애틋하고 깊은 것이다.

시간이 흐른 후에 내가 여행했던 모든 시, 공간들은 어떤 모습으로 남아 있을지 혹은 어떻게 변해 갈지 모르지만, 우선은 금강 따라 열심히 달려온 모든 시간과 무사 무탈함에 감사와 안도의 기도를 내려놓는다.

덤, 선유도(군산시)

내게는 다락방 같은 책 몇 권이 있다. 작고 천장이 나지막한, 낡고 정겨운, 먼지가 햇살이 빗금 긋는 선 따라 춤추는, 어떤 수식어를 가져다 대도 온전히 표현할 수 없을 것 같은, 잠깐이라도 휴식의 날숨을 쉬게 해 주는 곳, 그 다락방의 느낌처럼 수시로 꺼내 보고 밑줄 긋고 첨삭하면서 나와 함께 늙어 가는 책들, 『곽재구의 포구 기행』, 생텍쥐페리의 『어린 왕자』, 심인보의 『곱게 늙은 절집』, 그리고 전동균의 시집 全권이다. 이 책들에서 언급된 장소를 일부러 찾아가진 않지만 내가 간 곳과 우연히 겹치기라도 하면 벌떡벌떡 신이 나는 것은 어쩔 수 없다.

금강 여행을 마무리하고 덤으로 선유도에 가기로 한다. 『곽재구의 포구 기행』에 나오는 포구 중 가장 많은 밑줄을 그으며 읽었던 곳이다. 작가가 갔을 때는 군산항에서 선박을 이용했지만, 지금은 고군산군도의 일부 섬들(야미도, 신시도, 무녀도, 선유도, 장자도, 대장도)이 다리로 연결되어 있어 차로 편리하게 이동할 수 있다. 곽재구 작가와는 또 다른 감상에 젖어서 선유도를 포함한 고군산군도의 섬들을 쓱쓱 돌아본다. 작가가 갔던 길을 나도 따라가 보다니 감회가 새롭다.

새만금 방조제를 지나 야미도와 신시도를 바로 통과하고 고군산대교를 건넌다. 고군산대교는 세계 최장 1 주탑 외팔 현수교로 2017년도에 개통하였다고 한다. 주탑 모양은 세종시의 한두리대교처럼 돛을 형상화하였다. 자연풍광과 수심, 지반을 고려한 설계에 특별한 건축 공법인 한쪽 방향 케이블로만 다리의 장력을 견디는 외팔이 형태도 신기하고, 세계 최장이라는 것도 자랑스럽다.

고군산대교(대교의 표지석에는 '무녀교'라고 새겨져 있음)를 지나 곧장 대로를 따라가지 않고 샛길로 들어서서 무녀도에 이른다. 정박하고 있는 배들의 짙은 그림자가 하루치 노곤함을 대변하듯 묵직하게 내려 앉아 있다. 이곳에서 나는 고군산대교를 배경으로 발랄한 포즈를 취해 본다.

무녀도를 빠져나와 선유도와 장자도를 유람하듯이 드라이브한다. 남악리 야트막한 언덕길의 목책, 반원을 이룬 선유도 백사장, 보는 방향에 따라 봉우리의 모양도 달라져서 어떨 때는 진안 마이산의 암·수마이봉을 똑 닮아 보이는 망주봉 등 볼거리를 눈에 실컷 넣으며 즐긴다. 이 모든 즐거움에 더해 위치를 이동하면서 몇 번이나 봤던 일몰 광경은 아주 오래도록 내 가슴에 수채화로 남아 있다.

장자도에서 막 지기 시작하는 해를 한 번, 그리고 부지런히 달려 선유도의 데크길에서 멀리 산의 중앙으로 떨어지는 해를 한 번, 다시 남쪽으로 자리를 약간 옮겨 산기슭으로 숨는 해를 또 한 번, 그렇게 하루 저녁에 세 번씩이나 해넘이를 본 것이다. 어린 왕자는 그의 별에서 하루에 선셋sunset을 마흔네 번이나 봤다니 나는 그에 비하면 아무것도 아닐 수도 있지만 그래도 내 생애 처음 있는 일이라 그런지 큰 의미로 와 닿는다.

신선이 노닌다는 선유도는 해탈한 듯한 신들의 웃음소리보다, 곽재구 작가가 쓴 시처럼 섬이 섬에게 쓴 보라색 햇살로 묶은 편지 한 통을 물고 나는 새들보다 이제는 어쩌면 '스카이 선 라인Sky Sun Line'을 활강하며 내지르는 인간들의 비명이 더 어울릴 법한 환경으로 바뀐 것 같다. 젊고 활기차 보여 좋다. 나는 겁보라서 선 라인 대열에 합류하지 못하고 아쉬움만 남긴 채 선유도를 빠져나온다.

도보

강화 나들길
(2021년 4월~2023년 3월)

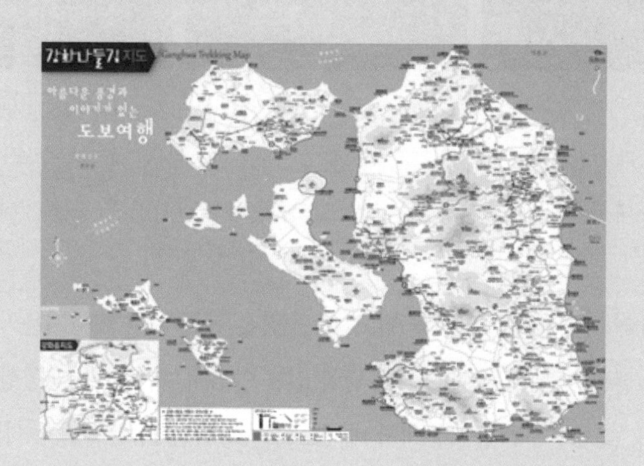

나들길 첫걸음(9코스)

다을새길/교동도

드디어 다을새길(교동도의 옛 이름)을 시작으로 강화 나들길의 첫걸음을 뗀다.

상용리 마을의 장승에게 무탈함을 빌고, 그림 같은 봄의 여러 페이지를 넘기면서 걷고 또 걷는다. 옛 절은 간 데도 없이 흔적만 남아 있는 안양사지를 지나, 교동향교를 거쳐 화개산을 넘는다. 화개산 7부 능선쯤에서 바라보이는 경지 정리가 잘된 농지와 바다, 마을과 야산이 산 아래서 평화롭다. 멀리서 조망하는 여유는 대체로 다 좋아 보이는 것이다.

화개산을 넘어 대룡시장에 이른다. 한국 전쟁 당시 피난민들이 모여 마을을 이룬 곳이다. 지금도 개발의 삭막함을 피한 소박한 정취가 있는 곳이다. 커다란 전봇대에 얽히고 설킨 전선처럼 이곳에 사람들이 늘 붐볐으면 좋겠다고, 잠시 생각을 해 본다.

아침나절엔 흐리고 추웠다가 회귀 지점에 다다를 때쯤에는 여름 날씨 못지않게 덥고, 쨍하다. 계절이 섞여 있는 만큼 기온도 날씨도 다양했던 날, 필설로 다하지 못하는 행복함이 빼곡했던 하루다.

2021년 4월

바람과 함께 춤을(2코스)

호국돈대길/초지진-갑곶돈대

걷는 내내 바람이 불었다. 느슨하고 부드럽게 몸을 휘감기도 하고 못내 존재감을 과시하듯 머리카락을 얼굴에 붙여 성가시게 하기도 하면서 가까이에서 멀리, 멀리에서 가까이, 말을 하지 않아도 속내를 다 아는 친구처럼.

초지대교에서 강화대교까지 이어지는 염하강 길은 마치 모공이 성성한 맨 살갗을 그대로 드러낸 채 양껏 대기의 숨을 빨아들이는 거대한 생명체의 팔뚝 같았다. 태초 인간의 모습으로 걸어 보고 싶었던 충동.

이 길은 역사적으로 의미가 큰길이다. 외세에 맞서 싸우거나 항거했던 곳인 진, 돈대, 보, 포대 등이 길 따라 12군데나 축조되어 있다. 이름하여 호국돈대길이다. 이 길은 또한 타래붓꽃 길로도 유명하다던데 이미 피고 졌는지, 아직 때가 아닌지 몰라도 딱 한 녀석을 만났을 뿐이다. 쪼끄만 것이 어찌나 도도하던지, 소행성 B612(어린 왕자가 사는 별)의 장미꽃을 닮았다. 계단을 뚫고 올라오는 의지력 甲[갑]인 연두색 새싹도 소소한 감동이었다.

남아 있는 길에 대한 설렘과 약간의 두려움.

2021년 4월

꺾인 고목에도 봄이(1코스)

심도역사문화길/강화버스터미널-갑곶돈대

강화군의 중심지 버스터미널에서부터 걷기를 시작한다.

심도(강화의 별칭)는 전역이 박물관이나 다름없다지만 특히나 나들길 1코스는 주요 문화 유적지가 많은 곳이다. 용흥궁을 비롯해 고려궁지, 강화 향교 등 몇 군데 유적지를 거치고 마을과 들, 방죽, 포장도로를 따라 5월의 햇볕과 유희하며 걷는다.

우리나라 곳곳에는 역사적으로 이름나있는 문이 셀 수도 없이 많다. 그곳을 두루 다가 보지는 못했지만 그래도 본 것 중 잊히지 않는 3대 문이 있다면 전라도 무주에 있는 나제통문, 인천 송학동에 있는 홍예문과 함께 이곳 강화 북문이다. 문 이쪽과 저쪽의 세상이 크게 다를 바 없음에도 왠지 내 영혼이나 육신을 시대 너머로 숨길 수 있을 것 같은 묘한 착각이 이는 곳이다.

이 길엔 수령이 몇백 년을 넘었음 직한 나무들이 유난히 많은 것 같다. 그중 연미정에 있는 고목이 단연 눈길을 사로잡는다. 2019년 태풍 링링에 의해 무참히 꺾였다고 하는데 나무 둥치에서 새 가지가 자라나고 있는 것이 보인다. 그 생명력의 원천은 강화의 역사만큼이나 강인한 뿌리 깊음일 것이다.

그 외에도 볼 때마다 신기한 연리지목, 옥개방죽 따라 길 위로 드러나 있는 송수관, 이 계절을 잠깐 지나면 볼 수 없을 꽃잔디길, 그리고 대월초등학교에 있는, 흔하지 않은 김유신 장군 동상(뒤에서 봤을 땐 무조건 이순신 장군 동상인 줄)도 이 코스의 인상적인 포인트들이다.

심도역사문화길, 이라는 이름이 무색하게 나는 오늘도 지극히 개인적인 감정선에 따라 너울거리며 하루 코스를 마감한다.

2021년 5월

아, 4字(4코스)

해가 지는 마을 길/외포리

나들길 걷기 네 번째로 4코스를 걷기로 한 날, 지금까지는 궂은날이었다가도 길을 나서기만 하면 날씨가 개는 행운을 여러 번 경험했었다. 그래서 오늘도 비 예보가 있었음에도 과감히 걷기를 진행해 본다.

그러나 늘 행운이 따라 줄 거라고 믿은 만용을 비웃기라도 하듯, 거칠게 몰아치는 비바람에 금세 옷이 흠뻑 젖고 우산살까지 부러질 지경이 되고 만다. 곧 날씨가 갤 것이라는 믿음도 있긴 하나 혹시 이 기세가 끝까지 이어질지도 모른다는 걱정에 뒤돌아서기로 한다. 체력도 체력이지만 감기라도 들면 코로나 시국에 난감한 일이 아닐 수 없다는 변명을 곁들여. 텅 빈 외포항 주변, 빗방울 가득한 차창 너머로 하트 모양의 조형물만이 쓸쓸한 운치를 풍긴다.

강화를 벗어나니 날이 개기 시작한다. 살짝 약이 오르지만 아쉬운 대로 집 근처 생태 공원을 산책하면서 공원 안에 있는 황톳길을 맨발로 걸어 본다. 집 안에서 맨발로 다니는 것과는 참 다른 감흥이다. 차갑고 부드러우면서도 낯선 감촉에 왠지 자유로워지는 느낌이 든다고 할까.

4字가 겹쳐진 날의 징크스 때문인지 생각대로 되지는 않았지만, 생각보다 더 재밌었던 하루였다. 다음 4코스 걷기를 할 때는 느지막이 출발해야겠다. 길 이름대로 석양이 물든 길에 푹 잠겨 걸어 보고 싶기 때문이다.

2021년 5월

숲속 외딴집(7코스)

낙조 보러 가는 길/장화리

'낙조 보러 가는 길'인데 오전에 걷느라 낙조는 볼 수 없었다. 길 이름대로 이 길에서 볼 수 있는 아름다움의 절정이 낙조겠으나 그래도 다양한 형태와 풍경의 매력에 빠져 즐겁게 걷는다.

모종을 심은 밭은 그지없이 평화로워 보이고, 갯벌에 놀러 나온, 아빠로 보이는 남자 어른의 뒤를 종종 따라가는 딸아이의 모습에서는 '맹목적인 신뢰감' 같은 게 느껴져 뭉클

하다. 어느 펜션의 잔디 마당에 오도카니 앉아 있는 개 한 마리도 초여름의 망중한을 즐기는 듯하다. 산 들머리에 놓인 타이어 계단의 질서마저 아름답게 보인다. 야산에 올라 가쁜 숨을 몰아쉴 때쯤 북일곶돈대가 빼꼼히 보이는데, 외세의 격침을 방어하기 위해 축성된 우리의 문화유산이라 생각하니 장한 엄숙함이 느껴진다.

오늘 본 모든 풍경 중 최고 중의 최고는 숲속 외딴곳의 기와집 한 채다. 저 집 측벽에 나란히 놓여 있는 항아리들 속엔 풍성한 식탁을 만들어 줄 무엇인가가 발효되고 있겠지. 낯선 집의 장독대에서 그려지는 미지의 그리움 혹은 부러움….

내가 걸은 궤적을 보니 올가미 같은 그림이 그려졌다. 약 17킬로미터, 힘들었지만 나는 강화 나들길의 올가미에서 헤어 나올 생각이 전혀 없다.

2021년 5월

반박할 수 없는 진실(5코스)

고비고개길/강화군청-외포항

강화터미널에서부터 시작하는 5코스는 '안파루'라는 현판이 걸린 강화 남문을 통과하여 국화 저수지로 가는 길에 근대사를 다루는 책에나 나올 법한 집, 골목, 공장들을 볼 수 있다.

코스 이름이 '고비고개길'이니만큼 평지인 것 같으면서도 꾸준히 경사진 각도를 걸어 올라야 한다. 허벅지에 집중되는 근육의 강도를 느끼면서, 눈으로는 붉디붉은 장미 덩굴의 정열과 그에 대비되는 모심기를 끝낸 논에 들어앉은 산 그림자의 고요함을 동시에 흡수하며 걷는다. 또한 '국화, 내가' 두 개의 저수지를 지나면서 명경 같은 수면에 마음의 주름을 펴 보기도 한다. 오상리 고인돌군과 외포리 주민들이 풍어와 풍농을 기원하던 '곶창' 굿당도 슬쩍 지나치면서, 높이 자란 풀숲을 헤치고 걷다 보니 어느새 외포항이 눈앞이다. 돌계단 위 굳게 닫힌 함석 대문집을 보면서 어르신들이 무거운 짐을 들고 힘들게 오르는 건 아닐까 하는 괜한 상상을 해 보기도 한다.

나들길 중 난이도 상上에 해당되는, 조금은 벅찬 걷기였지만 누군가가 허덕이는 나를 보고 "본인이 좋아하지 않으면 못 하는 거지, 이 더위에."라는 말을 했는데, 반박할 수 없는 진실임을.

2021년 6월

잘 살고 있는 거지?(10코스)

머르메 가는 길/교동 양갑리

늘 그 길이 그 길인 것 같지만 걸을 때마다 곳곳에 감탄과 홍분의 소용돌이들이 만들어진다는 건 참 경이로운 일이다.

장장 18km가 넘는 거리 중에서 수정산 능선을 따라 걷는 약 2km 정도를 제외하고는 숲이나 그늘이 거의 없는, 막힘없이 탁 트인 공간을 걸었는데 지루할 새가 없었다. 마지막 알곡까지 충실하게 익어 가는 붉은 수수와 벼, 그리고 콩 덤불 위로 기러기 떼의 군무가 화려하고도 슬펐던 개시미 벌판, 드문드문 고독한 낚시꾼들이 기다림의 미학을 보여주는 난정저수지, 조선 시대 한증막이 아직도 무덤처럼 남아 있는 수정산, 굴을 채집하는 관광객들로 붐비는 갯벌과 반 나신의 아름다운 굴곡을 드러낸 죽산포 제방길, 정갈하고 풍요로워 보였던 머르메 마을을 지나 다시 4km가 넘는 아스팔트 길을 걸어 회귀 지점인 대룡 시장에 도착한다.

커다란 저수통에 나란히 떨어지던 빗방울, 난생처음 본 논두렁에 핀 고구마꽃, 거짓말처럼 우리와 대화를 주고받았던 염소 두 마리 등 미처 담지 못한 이야기들이 수두룩하다. 그리고 산에 딱 한 그루 있는 고욤나무 열매와 어느 집 담벼락 아래 몽글몽글 피어 있는 맨드라미에게서 어린 날의 향수가 훅, 밀려왔는데 마치 "잘 살고 있는 거지?" 토닥여 주기라도 하듯이, 그만 목젖이 뜨끈해졌던 것이다.

걷는 내내 부슬거린 비가 오히려 축복이었던, 오늘 하루의 여정도 그득하고 뻐근하게 마감한다.

2021년 10월

벚꽃은 왜 지금(18코스)

왕골 공예 마을 가는 길, 봉천산/하점면 장정리

나들길 18코스인 왕골 공예 마을을 걸을 예정이었는데 어쩌다 보니 봉천산 산행이 되고 말았다. 그러나 아무려면 어떤가, 밤알 같은 햇살 뭉치가 공기 속에 종일 머물렀던, 어쩌면 이젠 1년에 며칠도 채 누리지 못할 까슬까슬한 가을날 하루면 족한 것을.

역사적으로 평가가 엇갈리는 고구려 대막리지 연개소문의 유적비가 있는 곳을 지나

봉은사(1232년) 터에 이른다. 이곳에 있는 봉은사지 5층 석탑은 주변에 흩어져 있던 석재를 모아 1960년에 지금 모습으로 세웠는데 3층 이상의 몸돌과 5층의 지붕돌인 상륜부가 유실되고 없지만, 탑을 만들 때와 다시 쌓을 때의 정성이 그 가치를 대변해 주는 듯 고요한 기개가 느껴진다. 봉천산 정상에는 제천 의식을 치르던 봉천대(인천광역시 기념물 제18호)가 있다. 제단의 크기로 봐서 의식의 규모가 얼마나 컸을지 가히 짐작할 수 있겠다.

하산 길에는 군부대의 철조망 둘레를 어렵사리 돌아 나오는데 수북하게 밤이 떨어져 있는 길을 그냥 지나칠 수가 없다. 길을 잘못 들어서 오르게 된 산이 주는 위로 혹은 선물이라 생각하고 배낭 양쪽 주머니가 두둑해지도록 주워 담는다. 남아 있는 밤이 지천이긴 해도 다람쥐들한테 약간은 미안한 마음을 안고 도로에 맞닿은 공터까지 내려와서 막걸리로 목을 축이며 무사 회귀를 자축한다.

그리고 오늘의 모든 시간을 압도하는 풍경 하나!

아직 익지 않은 모과는 마지막까지 뜨거운 햇볕을 탐욕스럽게 빨아들이는데 가을걷이를 끝낸 들판은 벌써 쓸쓸한, 모순의 계절이라 한들 이미 빈 가지를 드러낸 나무에 벚꽃은 왜 지금 피어서 이토록이나 처연한지. 꼬마 등걸에 기댄 구절초가 알려는지. 개천 바람을 맞고 있는 백일홍이 알려는지. 구름인 척 떠 있는 저 낮달이 알려는지.

2022년 10월

이보다 더 좋을 수는(20코스)

갯벌 보러 가는 길/동막리, 여차리

20코스, '갯벌 보러 가는 길'이라 하여 하염없이 갯벌'만' 바라보며 걸을 줄 알았다. 1년 중 가장 좋아하는 달인 11월의 바람을 맞으며 걷는다는 것 자체가 부수적인 다른 모든 것들을 덮을 수 있을 만큼 강력한 유인제가 될 테니 그 또한 좋겠다 생각했다. 결론은 "이보다 더 좋을 순 없었다."라고 말해야 할 것 같다.

분오리돈대에서 시작해 동막해변, 홍왕낚시터, 미루 선착장을 지나 강화갯벌센터까지 걷는 길은 쉴 틈 없이 재밌다. 초승달 모양의 돈대 내부를 살피고 영어 철자와 한글 자모음이 섞인 동막해변의 조형물을 보면서 가볍게 걷는다. 직선으로 뻗거나 곡선으로 유려하게 구부러진 축대를 위를 걷다가, 때론 푸석푸석한 갈대숲과 담벼락 사이를 헤치며 걸어야 할 때도 있다. 마른 덤불 사이 흙길을 밟으며 걷는 구간도 있고, 바다 갯벌과 민물의 경계인 둑길을 걷기도 한다. 갯벌에 군데군데 나 있는 물길 중에 우리가 걷는 길과도 흡사한 모양의 물길을 발견하는 것도 기쁨이다. 곱고 단단한 모래 위에 남아 있는 내 족적을 보기도 하고, 여름내 성장하다가 이제 새들의 밥이 될 가막살나무의 숭고한 열매도 본다. 그뿐인가. 칠게들의 바지런한 움직임을 눈으로 좇느라 바쁘기도 하고, 어떻게 형성되었는지 모를 기암들이 널린 해변을 지나며 감탄을 쏟아내기도 한다.

억새 사이로 보이는 마을의 정경은 평화롭기 그지없다. 그러나 용도를 잘 모르겠지만 갯벌에 깔아 놓은 녹색 그물, 축대와 갯벌 사이에 설치된 경사진 레일 그리고 정박해 있는 어선들은 모두 마을 주민들 생활의 한 부분일 터, 그저 한가한 풍경이라기보다 그들의 치열한 삶의 현장일 것이다. 만조가 되면 저 어선들은 조업을 나가겠지. 나는 어부들이 잡아 온 물고기를 어디에선가 술잔을 곁들여 먹게 될지도.

걸으면서 내내 “좋다, 좋다.”라는 말을 반복했다. 따가운 봄도 여름도 한겨울도 아닌 이 계절과 너무나 찰떡같이 맞는 길, 하늘이 쨍했더라면 더 좋았을까? 아니, 〈시월의 어느 멋진 날에〉에 나오는 “널 만난 세상 더는 소원 없어, 바램은 죄가 될 테니까”라는 노래의 한 구절로 마지막 말을 대신해도 충분할 것 같다.

2022년 11월

섬 속의 섬(12코스)

주문도 길/주문도

강화도는 김포에서 강화대교, 초지대교로 연결되어 있고, 그 가까이에 있는 석모도와 교동도를 잇는 연륙교의 개통으로 인해 이름만 섬인, 육지 같은 곳이지만 아직도 주변에 뱃길을 통해야만 출입이 가능한 섬들이 있다.

그중에 오래전부터 들어가 보고 싶었던 주문도와 볼음도를 다녀왔다. 50 여일 전부터 서둘러 숙박 예약을 하고, 승선권도 3월 초 배편이 확정되자마자 예매를 하는 등 그저 당일 악천후의 영향을 받지 않기만을 매일매일 기도하면서 기다리다가 드디어 D-day, 다소 흐린 날씨에 꽃샘바람이 사납긴 했으나 이틀간의 걷기 여행을 무사히 마치고 난 후, 이제 나른한 안도감으로 한 컷 한 컷 섬에서의 여운을 되새겨 보려고 한다.

주문도의 대빈창 해변이 시작되는 솔밭에서부터 뒷장술 해수욕장, 살꾸지에 이르는 해안선을 따라 걸었던 구간의 키워드Key word를 나는 '시간 혹은 흔적'이라고 말하고 싶다. 마치 묘목을 심어 가꾸기라도 한 것 같은 어린 소나무들이 자생하는 군락지도, 고운 모래밭을 지나는 바람이 만들어 낸 겹겹의 곡선도, 백사장에 밀려든 파도에 의해 만들어진 물결무늬도, 켜켜이 쌓인 지층의 휘어진 습곡과 끊어진 단층이 보이는 지질 구조도 모두 오래고 오랜 '시간'이 경과하면서 자연의 여러 작용을 통한 결과물로 나타났을 것이고, 모래 위에 그려진 기하학적인 무늬와 작은 자갈 더미 같은 모래 뭉치 또한 바다에 사는 어떤 생명체들이 만들어 놓은 '흔적'일 테니까 말이다.

해안선을 따라 걷다가 농로로 내려서니 멀리 봉구산 자락 밑에 오밀조밀 마을이 형성되어 있는 것이 보이고, 그 앞으로 펼쳐진 논밭은 이미 쟁기질이 끝난 상태로 대지의 살을 녹이며 씨앗을 받아들이기 위해 숨을 고르는 중이었다. 얼마 안 가 부지런하고 단정하게 자란 식물들이 초록 물결을 이루며 군무를 출 것이다. 그런 정경이 벌써 눈에 보이는 듯했다.

탄력받은 걸음으로 마을의 한가운데로 직진해서 서도 중앙교회에 이르렀다. 요즘 보기 드문 종탑과 역사가 100년이나 된, 서양 건축 양식이 가미된 전통 목조 형식의 우아하고 격조 넘치는 교회 건물을 둘러본다. 그 뒤곁에 있는 매화나무 한 그루를 집착하듯 탐닉하는 맛도 좋았다. 곧게 뻗거나 휜 가지에서 아직 도도한 몽우리들과 만개하고도 여태

수줍고 연한 꽃들의 얼굴을 차마 만지지 못하고 카메라의 앵글 속으로 끌어들이는 그 아슬한 공간감이 좋았다고 할까.

무릇 여러 생명체의 흔적과 시간의 흐름과 역사적인 것들과 다가올 보편적이고도 소소한 미래의 계획들, 이 모든 것들의 진지함은 점심때 주문도의 해돋이 식당에서 먹었던 새순 두릅나물 향에 싹 묻히고야 말았다. 나는 이러한 삶의 희극적인 요소를 사랑하지 않을 수 없다.

2023년 3월

섬 속의 또 섬(13코스)

볼음도 길/볼음도

'보름도'인 줄로만 알고 있었던(아마도 그래서, 그 보름달 같은 이름 때문에 이 섬에 와보고 싶었던 건지도.) '볼음도'로 들어가는 바닷길이 배가 뱉어내는 거품과 안개를 뚫고 떠오르는 해의 색조에 맞춰 꿈틀거린다. 섬 곁의 섬에 당도, 오늘은 또 어떤 한 구절에 타격받게 될지 기분 좋은 설렘을 안고 걷기를 시작한다.

매번 느끼는 거지만 그저 그럴 것 같은 해변을 걸어도 저마다의 특색 한두 가지는 꼭 발견하게 된다. 그게 좋은 것이든, 안타까운 것이든. 영뜰 해변의 모래사장에 선명히 나 있는 트랙터 바퀴 자국은 이 섬에 사는 주민들의 삶의 단면을 적확하게 말해 주는 것 같다.

영뜰 해변은 세계 3대 갯벌 중에 하나라는데(솔직히 검증되지는 않은 어느 블로거의 뇌피셜에 불과할 수도 있다.) 언젠가 한 번은 저 바퀴 육중한 트랙터를 타고 갯벌 멀리 나가서 끈적한 해풍을 맞으며 상합 조개를 캐 보고 싶다는 열망에 부풀기도 한다. 더불어 캠핑 감성까지도. 그러나 또 한편으로는 안타깝게도 기후 변화로 인한 해수면 상승과 해안 모래의 침식으로 인해 해변 가까이에 있는 나무들이 수난을 겪고 있는 모습도 보인다. 축대를 쌓는 등 나름 조치를 취하는 것 같기는 하지만….

조개골과 영뜰 해변을 거쳐 물길이 나란히 따라오는 야트막한 광산 능선을 지나고, 도대체 어떤 동물이 싸댔는지 말 그대로 발 디딜 틈을 찾기 힘들 만큼 똥이 많은 볼음 저수지 둑을 따라 걷다가, 해발 82.8m의 깜찍한 봉화산을 넘어 서도면 마을에 들어선다.

경운기를 모는 동네 어른과 철조망 안의 가축들, 그리고 곱게 갈아 놓은 밭에서 자분자분 호흡하는 마을의 서정성이 느껴진다. 수령이 800년 된 할아버지 은행나무(할머니 은행나무는 황해도 연안군 호남중학교 뒷마당에 있다고 한다.) 앞에서는 나무에서 노란 물이 뚝뚝 떨어지는 계절쯤에 다시 와 보고 싶다는 생각을 해 보기도 한다.

종일 춥고 바람 부는 날씨에 하루가 회색 톤tone이었지만 틈틈이 파랗기도 했던 하늘과 꾹꾹 내딛는 발걸음에 묻어나는 사유로 충만감 가득했던 시간에 감사하며 이틀간의 섬 속의 섬 여행을 마친다.

2023년 3월

덧. 전체 20개 코스로 이루어져 있는 강화 나들길을 모두 다 걷지는 못했지만 이마저도 혼자서라면 걸을 엄두도 내지 못했을 일인데 열 번을 같이 걸었던 '행복한 하루'팀과 '머르메 가는 길'에 함께 했던 '감순이' 언니들, 그리고 친구에게 고마운 마음이 크다. 그들 덕분에 이만큼이나마 추억을 쌓고 흔적을 남길 수 있었음에 두고두고 감사한 마음을 아끼지 않을 것이다.

철도

경전선 일부
(2023년 3월 23~26일)

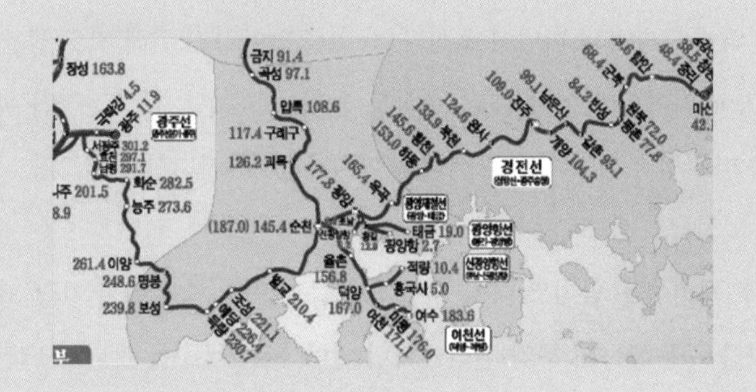

1913 송정역 시장(광주 송정역)

계획했던 프로젝트의 마지막 경로가 될, 무궁화호를 이용한 경전선 일부 구간의 여행을 시작한다. 이번에는 그야말로 지역 이름만 찍고, 숙박지 및 이동 시간과 거리를 가늠하기 위한 철도 예매만 미리 해 두었을 뿐, 그 지역의 어디를 들를 것인지 아무 계획이 없고 어떤 정보도 수집하거나 검색하지 않았다. 역사 주변을 배회하거나 혹여 버스 노선 중에 마음에 드는 마을 이름이 보이기라도 하면 훌쩍 갔다 오든가, 그래서 이 면밀하지 못한 여행의 과정이 나는 너무나 궁금한 것이다.

광주 송정역에 도착하니 비님이 오신다. 숙소를 찾아가기 위해 지도 앱을 켠 전화기도 들어야 하고, 캐리어도 끌어야 하고, 우산도 들어야 하지만, 무조건적인 설렘에 지배당해 번거로움 따위의 부정적 감정은 끼어들 여지가 없다. 컨디션도 최고다.

체크-인 후 캐리어를 맡기고 나자 시장기가 몰려든다. 숙소에서 가장 가까운 식당에 들러 설렁탕을 주문했는데 무명 실타래처럼 말아 놓은 국수를 보니 바느질이라도 해야 할 것 같은 기분이 든다. 게다가 이미 비주얼에서 끝난 김치에 깔끔한 국물 맛까지 말해 무엇 하리. 한 끼 거나하게 먹고 송정역 건물이 통째로 보이는 별 다방에서 돌체 라떼를 마시며 바깥 멍을 하다가 본격적인 방랑을 시작해 본다.

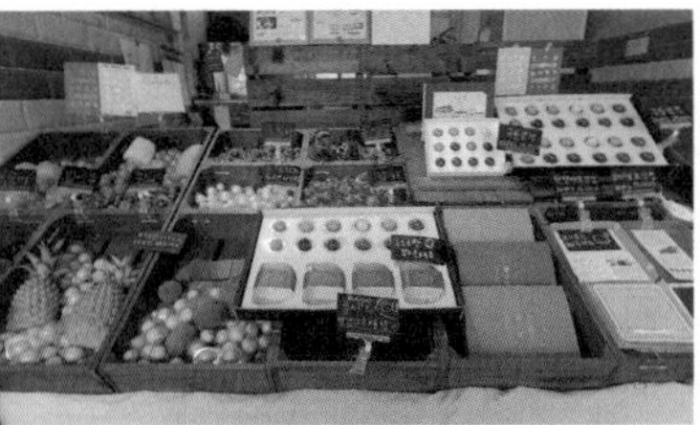

다방에서 나와 길을 걷다 보니 '1913 송정역 시장'이 눈에 띈다. 일반적인 전통 시장에서 볼 수 있는 것처럼 물건을 개방하는 형식으로 진열해 놓은 것이 아닌, 각각의 개성과 특색을 살린 상점들의 집합소다. 점포들의 상호가 모두 평면적인 것이 서천의 시농리 마을의 거리가 생각난다. 그러나 시농리는 마을 자체가 태생적으로 그런 것이고, 이곳은 일부 상업적인 의도로 주민이나 관광객을 유인하기 위하여 향수를 자극하는 마케팅 기법을 도입한 것이 아닐까 한다. 그도 그럴 것이 외관은 복고풍이지만 내부는 현대적 감각이 돋보이는 청년들의 번뜩이는 아이디어와 감성에 물건을 안 사고는 못 배기겠더라는 것이다.

‘역서사소(여기서 사소)’에서는 상품들마다 광주의 사투리를 상표처럼 붙이거나 새겨 넣어 나 같은 여행객의 구매욕을 자극하고, (사투리 중에 특히 ‘항꾸네’와 ‘심들어도 기언치’라는 말에 괜스레 울컥해진다. 항꾸네 오고 싶었던 친구들과, 보디 프로필 찍느라 몇 달째 심들어도 기언치 버티는 중인 현*이가 생각났기 때문이다.) ‘갱소년’에는 마치 유럽의 어느 시장의 과일 매대를 보는 것 같은 현란하고 재치 넘치는 디스플레이에 어찌 눈이 녹지 않을 수 있겠는지. 그리고 연양갱 가게인 갱소년은 更(다시 갱) 자의 음가[音價]를 가지고 와서 소년, 소녀로 돌아가자고 하니 그 기발하기가 참…. 또한 평범한 국숫집에 다찌석을 만들어 실외에서 바로 식사할 수 있도록 한 신박함은 또 어떤가. ‘서봄(서서히 봄이 오는)’의 세움 간판과 가게를 설명하는 문구에서도 짙푸른 젊음이 느껴진다.

그러나 한편으로는 누가 봐도 대대로 가게를 물려받아 그 옛날부터 변함없이 수십 년의 이야기를 누적시켜 가며 운영을 해 오는 곳도 많이 있는 것 같다.

여전히 회전식 간판을 달고 있는 김금자 헤어숍(헤어숍 앞에서 사진을 찍고 있는데 동네 분이 “도대체 왜들 사진을 찍어요? 옛날 것 같아서 신기해요?”라고 묻는다. 나 말고도 여기서 셔터를 누르는 사람들이 자주 있었던 모양이다.)이 그렇고 형제 종합 자전거점이 그렇고 30년 역사의 식품명가라고 하는 ‘태현식품’이 그렇다. 아직도 ‘○○상회’라는 이름 붙여진 곳을 지날 때는 코를 찌르는 홍어 냄새가 진동하고 짐 싣는 자전거들이 할 일을 기다린 채 정거하고 있는 풍경은 모두 노포[老鋪]임이 분명해 보인다.

그렇게 송정역 시장에서는 기존 상인들과 청년 상인들이 공존하며 조화로운 삶의 터전을 만들어 가고 있는 모양이다.

송정 시장을 빠져나와 이 골목 저 골목을 돌아다니다 보니 송정작은미술관에서 때마침 前 광산구청 복지문화국장이었다던 김승현 님의 광산의 아름다운 자연환경을 담은 20점의 사진전이 무료로 열리고 있다. 한 군데도 낯익은 곳이 없고, 가 본 곳도 없지만, 한 점 한 점 작품에 공들인 땀과 정성이 전해지는 것 같아 감사한 마음으로 감상을 한다. 미술관 앞이라 그런지 여염집 담벼락에 그려진 벽화에도 출중한 예술성이 느껴지고, 미술관 주변에 있는 춘자네 소금 구이집 간판에 그려진 그림에서도 남다른 유머 감각이 돋보이는데, "어이쿠야 육즙의 빤치"와 같은 문구는 톡톡, 여행의 조미료가 된다.

무심히 길을 걷다가 어디에서도 본 적 없는 '24시간 청소년 출입금지구역'이라고 쓰인 표지판을 발견한다. 이 문구를 보고 길을 가던 아이들이 진심 어이쿠야 하고 발걸음을 돌릴지 의문이지만 어떤 유해한 것들이 있길래 그런 표지판을 붙여 놓았을지 발동하는 호기심을 품고 골목을 들어선

다. '일반 유흥접객업소'라는 간판이 붙은 걸 보니 이유를 알 것도 같지만, 골목에 있는 상점들이 모두 지저분하고 관리도 되지 않아 거의 폐업 상태로 보이는 것이 퇴폐적이고 나른한 상상을 할 만한 꺼리가 1도 없다. 그 와중에 왠지 세속적이지 않을 것 같은 '光[광]' 자가 붙은 벽 앞의 쿠팡 상자와 이끼와 곰팡이로 얼룩진 담벼락 아래 핀 민들레꽃에서는 모순적이게도 생의 진한 페이소스가 느껴진다.

시장의 야경이 보고 싶어 다 늦은 밤에 또 한 번 다녀온다. 조명이 켜진 시장은 역시 대낮과는 또 다른 풍경이지만 시장 특유의 들썩이는 분위기가 없는 차분한 거리가 왠지 내 기분까지 가라앉게 만든다. 그리고 낮에는 보지 못했던 쌀 상회를 발견하고 구차했던 어떤 기억이 떠올라 재밌기도 하고 가슴이 아릿해지기도 한다. 통장에 돈이라고는 없던 시절에 퇴근하면서 쌀을 한 됫박씩 사기를 몇 번쯤 했던 어느 날인가 가게 주인이 이렇게 조금씩은 귀찮으니 사러 오지 말았으면 좋겠다고 했던, 그 야멸찼던 요구가 그때는 무척이나 서러웠는데 그런 기억조차 지금은 소중한 건가 싶다. 흘러가 버린 시간 속에서 어린 왕자가 녹슨 도르래가 달린 두레박으로 우물물을 긷는 것 같은, 이제는 심상한 풍경이 되어 길 가는 나의 발길을 멈춰 세우는 것을 보니.

오늘 하루 '1913 송정역 시장' 일대를 돌아다닌 것만으로도 나 혼자 할 말이 많아져서 긴 수다를 늘어놓기는 했으나, 그렇게 활기차지 못한 시장 분위기에 위축된 경제 상황이 느껴져서 걱정과 무거움이 앞서는 것도 사실이다. 그런 의미에서 오늘 내가 소비했던 금전도 티끌만큼의 도움이 됐을 거라고, 하여 약간의 뿌듯함을 느껴도 좋겠다고 스스로 토닥이며 첫날의 일과를 마무리해 본다.

만수상회
신일 쌀 상회

광산거리
Gwangsan Street

1913

1913
송정역시장
잠시
쉬어가도
괜찮아

재밌는 서라실 마을(화순역)

어제 집에서 광주 송정역까지는 KTX를 이용했으니 오늘부터 진정한 무궁화호 열차 여행의 시작이다. 열차 시간보다 조금 일찍 역에 도착하여 내가 탈 차 바로 직전 차의 기관사가 목을 내밀고 승객들의 안전을 살피는 모습을 보는 행운을 얻는다. 이런 아날로그적인 풍경을 보는 것도 참 오랜만이다. 그래서 그런지 무척 반갑기도 하면서 찐 기차 여행을 실감하게 된다. 사람들이 없는 플랫폼의 레일 가까이에서 후다닥 사진을 한 장 찍고, 멀리 열차가 들어오는 것이 보이자 카메라를 들고 대기하다가 셔터를 누르며 여행객의 들뜬 감정을 표시하기도 한다. 열차 안에서 승무원의 검표하는 모습도 여행객에게는 하나의 풍경이 된다는 것을.

서광주, 효천역을 지나 화순역에 내리니 비가 온다. 집에서는 우의를 챙겨 가지고 왔으면서 정작 오늘은 가방에 넣어 오지 않았다. 혹시나 하는 마음도 없이, 아무 생각 없이 나왔는데, 송정역에서까지는 좋았는데, 몸이 추워지면 안 되는데, 시작도 전에 한걱정을 끌어안고 아무튼 화순에서의 발걸음을 떼어 본다.

화순이라는 곳은 학창 시절 지리 교과서에서나 봤으려나? 귀에는 익숙하나 전혀 아는 것이 없는 지역이다. 하다못해 금산의 인삼, 안성의 배처럼 무슨 특산물이라도 있으련만, 그조차 들어 본 적이 없다. 그런 백지 상태에서 작은 무엇 하나라도 담아 가려니 하는 기대가 이 낯선 곳으로 나를 끌고 왔겠지. 결과부터 말하자면 겨우 역 주변, 역 앞의 초등학교, 그리고 역에서 가까운 작은 마을 하나를 돌아봤을 뿐인데 이름이 알려진 관광지를 돌아다닌 것보다 훨씬 알차고 실한 시간이 되었다고 말할 수 있겠다.

우선 화순 驛舍[역사]는 평범한 2층 양옥 구조로 소담하고 고풍스러운 맛은 없지만 대신 승강장에 이 역의 歷史[역사]를 묵묵히 지켜보아 온 소나무 한 그루가 자리 잡고 있다. 안내판에 따르면 화순역은 1928년부터 영업을 시작했고, 1934년 화순 광산의 개발로 석탄선이 개통되면서 광산 도시로 엄청난 호황을 누리다가 에너지원이 석유, 가스로 대체되면서 1989년에 석탄 기차도 멈추었다고 하는데, 그 북적이고 화려했던 옛 모습을 지켜본 소나무에 석탄의 '炭' 자와 멋있어서 탄성을 지른다고 할 때의 '歎' 자를 함의하는 '炭松[탄송]'이란 이름을 붙였다고 한다. 가만, 1928년부터 운행을 했다고? 그러면 그 당시에 지어진 역사가 맞나 하는 의문이 생겨 검색해 보니 아니나 다를까 원래 역사는 박공 형태의 단층 건물이었으나 1950년에 화재로 소실되는 불운이 있었고, 2003년에 지금의 역사를 지었다고 한다. (글을 쓰면서 예전에 화순 하면 무조건 탄광이라는 단어를 함께 외웠던 기억이 떠올랐다. 시험지 속 역사가 증명되는 셈이다.)

역 광장을 빠져나와서 지붕이 하도 낮아 팔을 뻗으면 처마 밑에 달아 놓은 상호가 닿을 것만 같은 오래된 집 몇 채를 지나니 대로가 나온다. 대로인 오성로 건너에는 딴 세상인 것처럼 우뚝 솟은, '화순 삼일 파라뷰 에듀시티'라는 긴 이름의 고층 아파트 단지가 있다. 20세기에서 21세기 화면으로 교차되는 영화의 한 신[scene]을 보는 것 같은 착각이 인다. 아파트 단지에 있는 편의점에 들러 피로해소제와 우산, 우비를 구매하는, 등 21세기 문명의 편리성을 한껏 이용하고 다시 길을 걷는다.

기대 없이 오성로에서 가장 먼저 갈라지는 좁은 마을 길로 들어섰는데, 어느 곳을 가든 마을들이 다 비슷하게 닮아 있지만, 이 마을만이 가진 독특한 구석에 빠져 지루한 줄 모르고 동네를 한 바퀴 더듬게 된다.

벽라리 2구의 서라실이라는 특이한 이름의 이 마을은 전체적으로 깨끗하고 정돈이 잘 되어 있다. 거의 모든 집의 담벼락마다 예쁜 그림들이 그려져 있다. 그런데 이제는 그런 이미지에서 새로운 이야기가 생성되지는 않는 거 같다. 오히려 벽화가 없는 집에서 할 말이 많아진다.

담장의 가운데를 종이 자르듯 도려낸 곳을 통해 보이는 집과 정원수와 그 뒤로 운무가 피어오르는 산은 마치 액자에 걸린 한 폭의 그림을 보는 것 같고, 어떤 집의 녹슨 철문과 함께 세월의 때가 고스란히 묻어나는 담장 위로 항꾸네 몸을 드러낸 동백과 개나리는 비가 오는 거리를 쏘다니느라 내려간 내 체온도 기분도 up시켜 주는 듯하다.

어느 집 벽 앞에서는 물이 가득 찬 옥수수유 통에 쉼 없이 동심원을 그리며 떨어지는 빗물을 한참을 바라보는데 '어린 시절엔 빗물을 받아서 머리를 감곤 했었지…', 거기가 거진이었던가 창원이었던가 추억 속의 한 장면이 희미하게 떠올랐다가 가뭇없이 사라지기도 한다. 한참을 걷다가 깜짝 놀라서 발걸음을 절로 멈추게 한 집도 있다. 집으로 들어가는 입구에 풍채도 당당하게 버티고 있는 커다란 바위 하나, 표면은 침식과 풍화에 그대로 노출되어 거칠지만, 형체가 예로부터 신령스럽고 길한 동물로 여겨지는 두꺼비를 닮은 것이 이 집의 모든 길흉화복을 관장하여 걱정 근심 없이 잘살도록 하는 역할을 해 줄지도 모르겠다는 토테미즘적 생각을 하게 된다. 지나는 객의 실없는 농담 같지만, 긍정적인 생각을 말하는 건 좋지 않겠는가.

한편 어느 집의 주차장으로 보이는 곳 안쪽 벽면에 가지런히 쌓아 둔 장작은 또 어찌나 정갈한지 화목용일지 숯불구이용일지 모르지만, 줄줄이 세워 둔 아이들 자전거와 함께 차가운 시멘트 벽에 온기가 느껴질 정도로 따뜻한 기운이 전해진다. 공중전화 부스처럼 보이는 수압조절용 기계도 재밌는 풍경 중의 하나다.

내가 생각하는 이 마을의 독특한 분위기의 최고봉은 '라곡정(아마도 벽라리, 서라실의 '라' 자를 넣은 마을의 쉼터 이름인 듯.)' 건립 과정을 담은 '헌성비문'의 내용과 벽에 써 놓은 '관급'이라는 낱말이 아닐까 한다. 정말 재밌다. 뭐가 재밌는지 모르지만, 하여튼 재밌다. 이 마을 주민들의 年齡연령이 느껴진다고나 할까. 헌성비문에는 헌성, 와비, 헌각, 모인, 生여일두(이 말의 뜻은 당최 모르겠다.), 불일간에, 등 쉽게 사용하지 않는 용어들이 많아 읽고 해석하기에 한참 시간이 걸리지만, 그래도 왠지 내 아버지의 문체 같은 느낌이 들면서 아버지가 물씬 그리워진다. 오며 가며 한 가닥씩 스쳐 지나가는 이런 그리움이 나는 참 좋다.

앞서서 미리 말한 것처럼 좁은 범위의 지역을 집중적으로 탐닉하느라 알뜰히 보낸 하루, 아무런 정보 없이 둥둥 떠다닌 시간 동안 얻은 수확량이 넘치게 많았던 하루에 깊이 감사하며 꿀잠에 들기를 또 욕심내 본다.

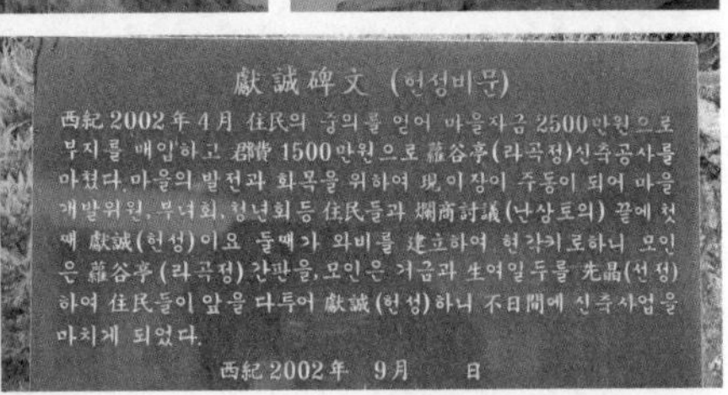
獻誠碑文 (헌성비문)
西紀 2002年 4月 住民의 중의를 얻어 마을자금 2500만원으로
부지를 매입하고 郡費 1500만원으로 蘿谷亭(라곡정)신축공사를
마쳤다.마을의 발전과 화목을 위하여 現이장이 주동이 되어 마을
개발위원, 부녀회, 청년회등 住民들과 爛商討議(난상토의) 끝에 첫
째 獻誠(헌성)이요 둘째가 와비를 建立하여 현각키로하니 모인
은 蘿谷亭(라곡정) 간판을,모인은 거금과 生여일두를 先晶(선정)
하여 住民들이 앞을 다투어 獻誠(헌성)하니 不日間에 신축사업을
마치게 되었다.
西紀 2002年 9月 日

관급봉투 사용합시다
0-3365

손현주의 간이역(능주역)

2021년 전반기에 MBC에서 〈손현주의 간이역〉이라는 프로그램을 방영한 적이 있다. 그때 능주역도 포함되었던 기억이 있어서 경전선 기차 여행을 계획할 때부터 능주역은 꼭 가 봐야겠다고 생각했다.

사실 그 프로그램을 제대로 본 적은 없지만, 손현주를 비롯한 임시 역무원들의 손길이 능주역 어딘가에 특별한 표식으로 남아 있을지도 모른다는 약간의 기대감을 안고 역에 내린다. 내가 생각했던 전형적인 간이역의 모습으로 녹청색 박공지붕과 상아색 외벽에 장식 하나 없는 담박한 건물이다. 내린 사람은 몇 안 되지만, 젊은 역무원이 꼿꼿하게 정차와 출발을 지켜보고 서 있는 자세가 믿음직스럽다.

대합실을 통과하여 밖으로 빠져나가기 전에 숨바꼭질하면서 숨어 있는 누군가를 찾기라도 하듯 둘레둘레 역 마당을 살핀다. 오른쪽 화단에 핀 수선화의 배웅을 받으며 떠나는 단 2량짜리 열차의 구부러져 가는 모습과 왼쪽 화단을 수놓은 보라색 광대나물꽃 뒤로 보이는 역사의 모습을 카메라 앵글에 담고, 건너왔던 철로 쪽으로 다시 돌아가 본다. 다소 엉성한 것이 누군가 손수 제작했을 것 같은 이정표에 눈길이 갔기 때문이다. 오른쪽 아래 나무틀에 "이동휘 그림"이라는 파란 색 글씨가 쓰여 있어 처음엔 물색없는 어떤 사람이 여기 다녀갔다는 표시로 제 이름을 남겨 놓았나 보다 했다. 그런데 알고 보니 손현주와 함께 임시 역무원으로 근무했던 배우 이동휘의 필적이라고 한다. 그들의 흔적을 찾긴 찾았다. 왠지 이 이정표에 정감이 간 이유가 있던 것이다.

대합실 내부에는 기다란 나무 의자가 놓여 있다. 지금은 썰렁하지만 그래도 한때는 북적북적 모여서 들고 있는 보따리만큼 서로의 이야기를 풀어내며 기차를 기다렸을 사람들의 모습이 의자 위로 나란한 창문에 어리는 것 같기도 하다. 매표구가 있는 벽 쪽에는 열차 운행 시간표가 있지만, 이곳에서는 승차권을 판매하지 않으니 코레일톡을 이용하거나, 톡이나 앱을 이용해서 승차권을 구매할 수 없는 사람들은 우선 승차를 한 후 승무원에게 구입하라는 안내문이 붙어 있다. 간이역을 지나는 무궁화호라서 가능한 시스템인가 싶기도 하다.

대체 교통수단의 발달로 언젠가, 어쩌면 곧 사라질지도 모를 능주역의 驛前역전 마당은 왜 또 그리 너른지 구름 낀 하늘마저 서글픔을 더하고, 언제 다시 와 볼지 모를 능주역에 안녕을 고하며 남평역으로 발길을 향한다.

영화 같았던 하루(남평역)

순전히 우연이었다. 능주역을 가던 중 차창 밖을 내다보다가 계획에도 없던, 아니 그 자리에 있는지 알지도 못했던, '남평'이란 글자가 너무도 뚜렷이 박힌, 한 역의 삼각 지붕을 보고야 말았던 것이다. 순간, 폐역임을 직감했고 능주에서 오래 머물 것 없이 바로 여기로 와 봐야겠다고 생각했다.

남평역은 1930년에 간이역으로 건립되었고 여수·순천 사건으로 인해 소실된 아픔을 겪은 뒤 1956에 현재의 건물로 신축되어 명맥을 이어 오다가 2014년에 폐역되었다고 한다. 폐역임에도 사람의 손길과 사랑을 끊임없이 받는 아이처럼 단정하고 구김살이 없어 보인다. 화순과 효천이라는 글자가 지워진 이정표를 제외하면 말이다.

역 광장에는 흰 목련이 흐린 하늘을 대신해 화사한 빛을 발하고, 철로 변의 대합실 쪽 정원에는 구부러진 소나무와 말갛고 여린 수선화의 조화가 아름답다. 역이 여기 있음에도 모른 척 지나가는 열차들이 못내 야속하여 미련을 흘리듯 철길 쪽으로 한껏 고개를 떨어뜨린 목련이 있는가 하면, 그 반면에 무심하고 한적한 이곳에 서 있는 지금의 나는 모든 것을 정지시킨 상태로 고요히 숨만 쉬어도 될 것 같은 안락함에 흡족하기 이를 데 없다. 선물처럼 찾아온 달디단 맛의 달콤한 시간.

선로 접근을 막기 위해 쳐 놓은 철조망 너머까지 있는 힘껏 팔을 빼내어 사진을 찍으며 이동하다가 '티월드갤러리'에 이르게 되었는데 남평 역사에서의 시간이 단맛이라면 이곳에선 황금을 캐낸 것 같은 놀라운 시간이었다고 할까. 그 어디서도 들을 수 없는, 볼 수 없는 진귀한 소리와 물건을 만나게 된다. 구전으로 전해지는 소리를 재연하거나 따라 불러서 녹음한 것이 아닌, 생생히 살아 있는 眞聲진성을 따서 만든, 한민족 최초의 소리가 담긴 음원을 듣게 된 것이다. 그것도 지금의 CD 혹은 USB 형태나 멜론, 벅스 같은 디지털 음원이 아닌 둥근 실린더 모양의 레코드에 담긴 음원을 에디슨이 발명했다는 축음기에 꽂아서 들었으니 어찌 모골이 송연해지지 않을 수 있겠는가, 흥분하지 않을 수 있겠는가.

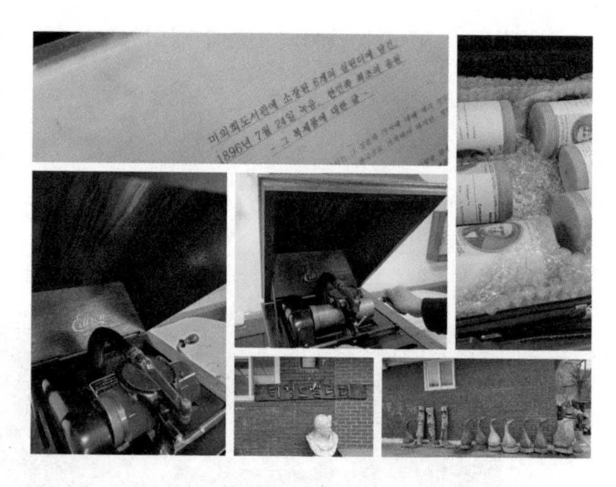

축음기는 태엽을 감았다가 풀리는 시간 동안 작동되는 원린데 백 수십 년 전에 조선 사

람이 산 설고 물 선 남의 나라에서 서러움 담긴 목소리로 불렀던 아리랑 노래를 이 귀한 수동기계를 통해 듣게 될 줄이야. 이 음원의 원본은 현재 미의회 도서관에 소장되어 있는데 이곳 갤러리 관장님이 각고의 노력 끝에 겨우 카피copy본을 만들어 가지고 올 수 있었다고 한다.

앞뒤 설명도 없이 본론부터 마구 쏟아 놓은 것 같다. 차분히 말을 하자면 남평역에서 철로를 따라 이동하다가 티월드갤러리에 이르렀고, 정원을 가꾸고 계시던 관장님께 건물 사진을 찍어도 좋을지 양해를 구하다가 사진도 좋지만, 더 특별한 것을 보여 주고 싶다는 말씀에 갤러리 내부로 들어가는 행운을 얻게 된 것이다. 관장님은 이 음원을 소장하고 있는 것 외에도 남평역을 관광지화시키는 사업을 10년째 하는 중이라고 했다. 겉으로 볼 수 있는 것 이면의 남모를 노고가 느껴져 관광객의 일원으로 그분께 고맙고, 감사한 마음이 크다.

내게 찾아온 영화 같았던 하루에 가슴 뻐근한 행복감을 느끼며, 또 내일의 즐거움을 상상하며 하루의 페이지를 접는다.

선암사 승선교(순천역)

연한 수줍음이 너울거리는 길

연분홍색 벚꽃

연두색 나무 이파리

연한 것들은 왜 다 속절없이

여린 신열에 들뜨는지

연유도 모르면서

아득한 슬픔에 사로잡힌

짧은 봄날 며칠

강선루에 내려온 신선이, 선녀가

아직은 시린 연못 물에

차마 꺼내지 못할 서러움

발목까지 담아 놓고 떠난 곳

승선교 위로

세월이 걷는다

선암사 승선교에서 선녀 같은 내 친구 미○와 함께

철도 여행을 마치고

4박 5일의 길다면 긴 시간 동안 계획했던 대로의 일정을 다 소화해 내지 못했다.

여러 핑계가 있겠으나 가장 큰 이유는 어느 한 곳을 가더라도 그곳에서의 소회를 제대로('잘'의 의미가 아니라 '충분하게') 쓰고 싶은데 생각만큼 글이 척척 써지지 않았기 때문이다. 물이 길 따라 나오지 못하고 동파로 얼어붙은 수도관 어디쯤에서 막혀 있는 느낌이랄까. 어찌어찌, 한 문장을 써 놓고 봐도 읽기에 부드럽지 않고 어법, 문체, 어휘, 문장 구조 등이 어설펐다. 눈으로 보고, 그 순간 느껴지는 것들을 마음속에 담아 두는 것만으로도 여행의 목적은 달성한 것이지만 감동의 누적에 비례해 기억도 단단하게 구축되는 것은 아니라는 것을 알기에 기록으로 남기고는 싶은데, 그게 힘들었다.

이왕 쓰는 것 적어도 나 자신에게만큼은 흡족했으면 좋겠다는 욕심에 썼다 지웠다를 반복하는 시간이 여행지에서 머문 시간보다 훨씬 더 많이 소요되었다. 어쩌면 배보다 배꼽이 큰, 늘 그런 패턴이어서 다음 여행지로 계획되었던 곳들의 일정 조율이 불가피해지고 그러다 보니 한두 곳 아니, 여러 곳을 건너뛰어야만 하는 일이 생길 수밖에 없었다.

그러나 보는 것으로부터 얻어지는 감정의 집합을 글로 나타내는 과정도 나에게는 너무나 소중한 시간이었으므로 가고자 작정했던 곳을 몇 군데 못 갔다고 해서 그리 크게 아쉬워하지는 않기로 한다.